李五泉

山东平原人，1943年生于哈尔[...]
剧作家。编审，中国作家协会[...]
省商业厅任职，后从事文学[...]
尔滨画院书记，哈尔滨市作[...]
书长，哈尔滨文艺杂志社社长[...]
林》《诗林》主编，哈尔滨[...]
1977年开始发表作品，出版有[...]
小说、散文、随笔二百余万字[...]
视剧、话剧多部，主编有《[...]
等。代表作有长篇小说《街上[...]
说《老景》《戏班》《走进[...]
学奖、天鹅文艺大奖等多项[...]
英、俄、日、韩等多种语言。

随笔集

市井记

李五泉 著

百花洲文艺出版社

图书在版编目（CIP）数据

市井记 / 李五泉著. -- 南昌：百花洲文艺出版社，
2025.6
ISBN 978-7-5500-4001-4

Ⅰ.①市… Ⅱ.①李… Ⅲ.①随笔 – 作品集 – 中国 –
当代 Ⅳ.①I267.1

中国版本图书馆CIP数据核字(2020)第266804号

市井记
SHIJING JI

李五泉　著

出 版 人	陈　波
责任编辑	余丽丽
书籍设计	方　方
制　　作	何　丹
出版发行	百花洲文艺出版社
社　　址	南昌市红谷滩世贸路898号博能中心一期A座20楼
邮　　编	330038
经　　销	全国新华书店
印　　刷	浙江海虹彩色印务有限公司
开　　本	720 mm×1000 mm　1 / 32
印　　张	9.375
版　　次	2025年6月第1版
印　　次	2025年6月第1次印刷
字　　数	200千字
书　　号	ISBN 978-7-5500-4001-4
定　　价	52.00元

赣版权登字　05-2020-347

邮购联系　0791-86895108
网　　址　http://www.bhzwy.com
图书若有印装错误，影响阅读，可与承印厂联系调换。

都市俚语

看电视 / 3

泡酒吧 / 6

迷上网 / 10

逛早市 / 13

嘿，足球 / 16

吃在江湖 / 20

有酒助兴 / 24

美女如云 / 27

积习难改 / 30

路在脚下 / 33

公交车上 / 36

酒吧对话 / 39

男女有别 / 43

爱情阶梯 / 46

老人再婚 / 49

女人逛街 / 53

男人的世界 / 57

青春的躁动 / 61

人间闲话

说　梦 / 67

说　怕 / 70

说　烦 / 74

说　赌 / 77

说穿衣 / 80

说时尚 / 84

说寂寞 / 87

说是非 / 90

说吉祥 / 94

说怀旧 / 97

说成败 / 100

婆媳怨 / 103

隔代亲 / 106

看脸儿 / 109

讲义气 / 112

好心情 / 115

别太累 / 118

世相中人

平　民 / 125

烟　民 / 128

股　民 / 131

能　人 / 134

凡　人 / 138

名　人 / 142

情　人 / 146

谨慎的人 / 150

农民工 / 153

老街筑影

私　宅 / 159

大杂院 / 161

大白楼 / 164

道台府 / 167

北市场 / 169

老江桥 / 172

胡家大院 / 175

寻找十字街 / 177

走过方石路 / 180

城市博物馆 / 183

太阳岛风情 / 186

老街街名变迁 / 189

剧场文化今昔 / 192

消失的艺术殿堂 / 195

市井烟火

吃面包 / 201

喝啤酒 / 203

穿西装 / 206

钟爱旗袍 / 209

洗澡好去处 / 212

理发，人生快事 / 215

旅途劳顿当住店 / 218

坐洋车 / 221

钱桌子 / 224

挑水吃 / 227

过大年 / 230

票　友 / 233

街头艺人 / 236

评剧大舞台 / 239

乡情风物

黑龙江人 / 245

鲁人的乡情 / 248

侨民之恋 / 251

言不二价 / 254

开发江北 / 257

老字号和老名牌 / 260

商街有个武百祥 / 263

真假"王麻子"膏药 / 266

哈尔滨的近代报业 / 269

《聊斋志异》和哈尔滨人 / 272

詹天佑与中东铁路 / 275

刘长春在哈尔滨 / 278

辛亥革命中的哈尔滨 / 281

北大荒文学的开篇 / 284

赫哲人的婚礼 / 286

都市俚语

看电视

电视是个好东西，不大的屏幕，全国的、全世界的新鲜事儿都能装得下，展得出。秀才不出门，便知天下事。世界博览、地方风情、流行时尚、新潮发型、体育竞赛、波黑战争，地球（也包含月球、火星了）上任何一个角落里发生的事情，都能及时地送到你的眼皮底下，饱览无遗，足不出户，风雨无阻，优哉游哉，这叫信息时代。

再说那电视连续剧、文艺晚会、专题片什么的，更是吸引人。一家人坐在沙发上，嗑着瓜子儿，喝着茶水儿，全身心地投入，随着情节的起伏，一起笑，一起怒，一起评头论足。或唉声叹气，或击掌叫好，喜怒哀乐高度统一。偶有异议，小事一桩，大家心气和顺，求大同存小异，有雅量有海量有肚量，气氛和谐，心心相印，其乐融融。这叫什么？这叫社会效应。

但是，看电视也有麻烦事儿。一家人坐在电视机前，先生要看足球赛，世界级的，几天前就拉好了架势，酒都准备好了，就等着中国队出线，冲出亚洲，走向世界，国脚显神威。人生得意须当醉，这是天字一号的大事儿，耽误什么也不能耽误看球赛，你说对不？太太正被要死要活的港台电视剧折磨得六神无主，茶不思，饭不想，女主人公的命运惨极了，正处在生死关头，人不能连点同情心也没有，不看出个水落石出，这觉能睡得着吗？足球算什么？不就是差一个球两个球的谁输谁赢嘛，又出不了人命，早上起来看新闻不就得了。女儿要看文艺晚会节目，心中的偶像登台献艺，现场直播，都是大腕大歌星，出场费就好几万，机不可失，时不再来。重点不是培养第二代吗？不是希望工程吗？希望工程都没有希望还希望什么呢！关键时刻连这点风度都没有，还是爹妈呢！

时间都挤到一块儿，电视机只有一台，归谁呢？唇枪舌剑，扭来转去，大眼瞪小眼，谁也不服谁。阴云密布，那一派和谐劲儿消失得无影无踪，弄不好夫妻反目，代沟加深。

想来最好的办法是一人一台电视机，一人一个房间，互不干扰，想看什么就看什么，想看多久就看多久。随心所欲，是人生快事，百人百姓，谁又统一得了呢？

电视的普及改变了人们的生活方式和生存心态，甚至影响了人们的价值观念。人们涉足公共娱乐场所的时间越来越少，电影受到冲击，戏剧受到冲击，书刊受到冲击，人们更多的时间把自己关在小屋子里，自娱自乐。人们在信息网络里可以获得广泛的知识，个人可以舍弃复杂的人际关系，通过电子技术和全世界交流。发达国家的一些哲人担心高度发达的科学技术会影响人际关系的和谐与友爱，人将变得孤独而自私。因而主张返璞归真，回到大自然中去，穿布衣吃粗粮，手工劳作，与家畜家禽为伴，过自给自足的田园生活，以抗议现代科学技术给人类生活带来的负面效应。或搞试验性的农场，共同劳作，共同收获，共同享受，建树那种理想的人际关系。但这种试验往往导致市场走向反面，走向权力的极端。

其实一人一台电视机的想法，起码得到了小康以上的水平才能做到。物质生活真的到了那种丰富程度，人们未必能心安理得地坐下来自我陶醉，人的群体生存意识不会泯灭，人与人之间更多的是希望交流，需要理解，在情感上相互依赖。孤芳自赏的结果仍然是渴求坐在一起笑，一起怒，一起评头论足，寻求共同的体验和感受。人们永远不会满足一种生活方式，求新求变是人类生存的本能、发展的动力，喜新厌旧和返璞归真都是人们对生存需求的调节。

让我们还是回到电视机面前，坐下来体味电视给我们带来的巨大变化吧。电视的直观视角为我们打开一个观察世界的窗口。它让我们广见博识，知道外边的世界很精彩；它让许多陌生的人和事，变得熟悉而亲切，它缩短了人类各民族之间的距离，感觉到世界是个大家庭；它让我们摈弃偏见，认识到许多事物都存在着人同此心，心同此理的道理。电视文化的大众性，决定着电视节目的广博内容；电视文化的时效性，决定着电视节目的生产速度。任何一项科学技术的革命都会给人类生活带来巨大的冲击，电视对人们生活的影响还仅仅是开始，它的潜在能力是很大的，还有许多有待开发的领域，让我们拭目以待。

泡酒吧

泡酒吧的人大半是白领或准白领，他们大多年轻而富有朝气。他们虽不大富大贵，但钱还够花；衣着虽不件件是名牌，但样式得时尚。他们有很好的工作，也有不小的压力；他们有宽敞的住房，也有每月必须偿还的贷款。他们假日里经常出去旅游，早晚也经常加班。他们是最早告别书写的一族，阅读靠浏览网页。他们不一定去炒股，但熟知股市行情。他们之中不乏有车族，所以对石油危机十分敏感。除了必要的应酬，他们很少去酒店大餐，几个朋友几杯酒，品味情调，享受时尚，惬意休闲。这里没有酒席宴会上的高谈阔论，但这里有更令人倾心的谈吐氛围。这里没有通常餐桌上的推杯换盏，但有对饮品不伤大雅的挑剔。他们虽然喜欢泡酒吧，但很少在这里买醉。他们有自己的社交圈子，多少有那么一点自恋情结和由此带来的优越感。他们对新事物敏感，对新的生活方式游戏自如。总之，他们和时尚有着千丝万缕的瓜葛，泡酒吧便成了他们身份的标志。

他们大多受过良好的教育，对许多话题都有自己的见解。

他们谈世界足球锦标赛，谈巴黎时装表演，感叹著名球星的吸毒和著名服装设计师的被杀；谈环境保护和汽车拉力赛；谈世界各国大公司频频发生的财务丑闻和重组重建；谈石油涨价和尤科斯被收购；谈本年度诺贝尔奖得主和好莱坞当红的影星；谈中国影视圈里几条陕西汉子和几位北京侃爷不同的光彩和各自的得失。他们抨击萨达姆也批评小布什，羡慕美国的强盛也讨厌美国的霸道。当然，他们无论是高级打工仔还是辛苦创业者，也都食人间烟火，也谈身边的凡人琐事、小人的得志，以及某些红人的升迁，矜持后边也流露出愤愤不平和忧郁无奈。他们谈上司的冷漠和同事的倾轧，谈合同的纰漏和客户的背叛，谈竞争的激烈和做事的艰辛，有愤懑的交流也有潇洒的宣泄，小小酒吧便有了无限的包容。

也有各种肤色的老外经常光顾酒吧，来这里延续他们习惯了的消费方式。这让酒吧一族的优势得以展示，他们不仅用对方的语言打招呼，还可以做些随意的攀谈。酒吧间的交流便有了些异样色彩和更宽的范畴。酒吧一族便有了更多的自信。

酒吧毕竟是一个很商业化的地方，幽暗的灯光，神秘的色彩，温馨的气氛，加上酒精撩起的亢奋，让他们平日绷得很紧的神经得以松弛。他们谈男人女人，谈家庭这座城堡对男人和女人的束缚，谈准备冲进城堡的渴望和准备冲击城堡的烦恼，谈网络爱情和婚外情人。对一些敏感的话题，他们往往表现得豁达而又讳莫如深。

酒吧有酒吧的浪漫，在这里凝聚友谊也遭遇爱情。朋友聚会，朋友的朋友，还有朋友的朋友的朋友都可以在这里聚首，谈时尚，交流最新的信息；谈人生，阐述最超前的观念，灯红酒绿之间一个微笑，一声问候，几句攀谈，就会拉近两个陌生人的距离。无拘无束，无利无害，随便一个有兴趣的话题就可以让人一见如故，在轻声细语中度过一个温馨的酒吧之夜。分手时也许有一点意犹未尽，也许有一句客气的承诺，也许彼此会留下联系的方式，出了酒吧道一声"再见"各奔东西，夜幕中只剩下淡淡的回味了。过后也许会偶然翻出被遗忘的电话号码，想起应有的问候，拨通了电话，因为没了那酒吧的温馨和酒精的亢奋，寒暄几句便无言以对，方才明白那不过是温柔乡里的一个梦幻而已，一切便不了了之。当然，酒吧毕竟是酒吧，是交流情感的场所，海内存知己，惺惺惜惺惺，挑灯看花，醉眼望月，高脚杯磕碰之间也能撞出激情的火花。白马王子遭遇红颜知己，一见钟情，相见恨晚，这些老得不能再老而又放之四海而皆准的爱情词语，依然会焕发出勃勃生机，含情脉脉中也会演绎出几个爱得死去活来和令人刻骨铭心的浪漫故事。

酒吧是休闲的驿站，也是斗法的舞台，商业谈判，合同论证，公司策划，品牌出笼，这里没有繁缛的仪式，却有利害的较量，有合作也有竞争，有坦荡也有心计。轻柔的乐曲，透明的酒浆，顾盼的目光，妩媚的笑脸，无不充满玄机。好在彼此都饱经历练，知道商品社会不相信微笑，温柔后边暗藏机关。举杯颔首之间形意拳、内家功，十八般武艺都会派上用场。攻者犀利，守者坚挺，微笑代替明火执仗，文雅掩盖暗中盘算，先小人后君子，彼此心照不宣。握手言欢和反目相向交替运行，温馨的酒吧间便笼罩上诡秘的雾烟，休闲之地也会变得烽火连天。

酒吧是城市的时尚，酒吧一族是眼下时尚队伍中的一群，酒吧的灯光蔓延开来，是现代城市的一道风景。

迷上网

上网是时下广为流行的交流信息的方式。上网浏览新闻、上网查阅资料、上网聊天、上网购物，网络快递、网络交友、网络游戏、网络文学，无形的网络交织密布，网上的斑斓世界让人眼花缭乱。每个网民都拥有着无限的空间。点击键盘，漫游天下，时空变幻，咫尺天涯。足不出户，一个跟头可以翻十万八千里；手不开卷，可以纵横上下五千年。饱览大千世界，畅游知识海洋。当今社会，多元结构，家事国事天下事，各抒己见，百家争鸣。弘扬正气，针砭时弊，指点江山，激扬文字，推动历史进步，贵在匹夫参与。社会黑幕，官场弊端，百姓得失，路见不平一声吼，发个帖子上去，一石激起千层浪，吼得网页抖一抖。痛快淋漓，大有"当今网侠，舍我其谁"的快感。写篇文章，谱首歌曲，堂而皇之地登上网站，放飞它去寻天下知音，保不齐网络点击会"大珠小珠落玉盘""一夜春雨梨花开"，运气来了挡都挡不住，瞬间就成了"天下谁人不识君"的名人。

上网不仅扩大了个人生活的空间，也加快了社会运行的节奏，一切都在网上运行，没有门派壁垒，没有师承偏见。个性得以张扬，才艺得以展现。是种子就能发芽，是英雄自有用武之地。"上网去"，成了网民生活中一个大亮点。

网民中多是年轻人，他们的言行便显得另类，看那上网用的名字就让人头晕目眩：老狼、秃鹫、梅花庄主、会飞的鱼、被绑架的逃亡者、爱心奉献、小心地雷、摇头夜来香、屁虫儿。那网络语言更是戏谑、调侃，甚至尖刻。"亲爱的，我爱你就像老鼠爱大米。""彼此，我爱你就像馋猫爱活鱼。""哇！太残忍了吧！""别介意，亲爱的，食肉者和食素者都是以食为天。""有情报称，外星人准备对地球发动恐怖袭击，人们担心世界末日。""那就派施瓦辛格做左路先锋，史泰龙做右路先锋，大嘴美女朱莉带领好莱坞女星助阵，必要时施个美人计什么的，足以克敌制胜。""这……""这什么这？钦此。"

网上的聊天室除了那些古怪名字营造的神秘气氛和尖刻语言讲述的荒诞故事外，还是个交友的广阔天地。人需要倾诉，需要交流。社会之大，天地之广，其实个人生存空间极为有限。社会、团体、家庭，有友谊亲情，也有距离隔阂。茫茫人海，知音难觅，网络提供了便利。人与人之间不用谋面，便可倾心交谈，省去了拘谨、忸怩，敲着键盘倾诉，大可聊事业人生，小可聊性格爱好，爱读什么书，迷恋哪位歌星，留什么发型，喜欢什么零食，脾气秉性，学历星座。聊着聊着，便聊成了知己。不由得心头一热，踏破铁鞋无觅处，功夫不负有心人。宝贝，今生今世就你啦！许多青年朋友就是在网上聊天室相识、相知、相爱。由友情到爱情到婚姻，喜结良缘。当然也有遗憾者，彼此感觉不错，约好了见面时间地点，尽管带了玫瑰花和便于识别身份的某种标志，见面后却大失所望，感觉殆尽，相对无言，表情尴尬，最后挥泪告别。这怪不得，络，生活本身就充满缺憾，天涯何处无芳草，只是缘分没到罢了，千万别灰心。也有恶作剧者，给哥们儿下个套，投其所好编些美丽的谎言，让对方自以为天上掉下个林妹妹，高兴得忘乎所以，等屁颠儿屁颠儿地赶去约会，才知道中了"敌军"的奸计。除骂句粗话，只能苦笑了。需要注意的是，世道危险，人心叵测，别有用心者、不法之徒也会利用网络设下玫瑰陷阱，用来骗财骗色，让善良的男女吃亏上当，甚至付出惨痛的代价。防人之心不可无，年轻的网友要警惕呀！

网络是现代科技成果，网络促进了时代发展和社会进步，让我们的生活发生了质的变化。但网络这个虚拟世界，也让人不知所措。各种网络游戏的魅力变成了魔法，上网者一头扎进去，在虚拟的世界里漫游，把虚幻当成现实，把游戏当成人生。尤其是青少年，他们喜欢新鲜事物，缺少自制力；他们渴望理解，缺少交流；他们向往独立，缺少经验和能力。一旦沉醉其中，很容易患上时下流行的"网瘾"症，废寝忘食，精神恍惚，走火入魔，不能自拔。他们沉醉在自己的内心世界里，能让他们走出网络阴影的是亲人的理解、亲情的关爱和现实生活中的雨露阳光。

逛早市

　　早市历来和平民生活有着深厚的渊源。过去早市多卖旧货，卖者不图多大赚头，买者看重的是便宜实用。赶大早把买卖做了，白天该干什么干什么。因为是黎明时的生意，所以也叫"晓市"。还有更早的，披着星星赶市，夜幕下人影憧憧，在暗淡的路灯和"嘎斯灯"下交易，天亮了就散市，并不影响白天的生计。这种市场猫腻多，以次充好，以假乱真，也常有些来路不明的东西出售，吃亏上当和捡便宜者都有。货物售出，概不负责，事后谁也不认识谁。这种市场有个意味深长的名字叫"鬼市"。

　　今天的早市虽然也卖些日用品，但以食品蔬菜为主，是城市"菜篮子工程"的一条主渠道，市场活跃，交易量大，买卖兴隆。拥挤的摊位，摩肩接踵的人流，充满期待的叫卖，讨价还价的嘈杂，走进市场，充耳的是潮水般的喧嚣，流动着的是日复一日的轮回。蔬菜水果、肉蛋家禽、烹饪调料、烟酒糖茶、鱼食鲜花……都是居家过日子一样都不可缺的大众用品。这里没有豪华的包装，没有精心设计的广告，一声吆喝"便宜啦，谁买谁合适，过了这村儿没这店儿啦"足以把人们的眼球吸引过去。菜是鲜菜，鱼是活鱼，黄瓜顶花带刺，青菜浸着露水，鱼可以刮鳞，肉可以绞馅，豆腐冒着热气，烧饼拿着烫手，吃新鲜的要赶早，任挑任选，日子过得艰难可以候到散市，到时候价格会打折扣。购物的都是有备而来，匆忙交易，大包小包满载而归，很快变成家人餐桌上的佳肴。早市销售的蔬菜食品，足能填满市民大半个菜篮子。

早市经营费用低，交易简便，价格相对便宜，是普通市民的首选市场。赶早市的大半是中老年人，都是家里主内的高手，多半为柴米油盐操劳，个个谙练持家之道。都过过穷日子，知道世事艰辛。现今日子好过了，勤俭持家的传统不能丢，能省就省，富日子要当穷日子过，那才是本分。谁爱怎么消费谁就怎么消费，自己的家自己当，自家的算盘自己打。他们进了市场并不急于掏腰包，东转转西看看，货比三家，菜要新鲜的，价格要便宜的，挑选要精细，称要足斤足两，付账时最好能抹个零头。不当家不知柴米贵，居家过日子柴米油盐酱醋茶，哪一项不是开销？俗话说，吃不穷穿不穷，算计不到才受穷。细水长流、铢积寸累，现在的年轻人只知道大手大脚地花钱，哪懂得这个道理？

寻常百姓，锅碗瓢盆，磕磕碰碰，难免有不顺的事。水电费涨价，电话费超支，下水道堵塞，不小心买了注水肉，哪一样不让人闹心？当家容易吗？众口难调，一日三餐，日复一日，伺候上班、上学的，变着花样儿给他们准备饭菜，做好了又不吃，挑肥拣瘦，嘴刁得像金枝玉叶，把家里的厨房当皇上的御膳房了，这个不好吃，那个没营养，肉多了嫌腻，肉少了不香，连过惯了穷日子的老头子也跟着瞎搅和，凭空地添了许多矫情，好像眼下受了多大委屈似的，个个都是"刁民"相，真应了"当家三年，狗都不理"的老话。于是带着火气到早市去采购，就有点看什么都不顺眼，买什么都觉得吃亏，说话也格外尖刻："哪有你这么卖菜的？拿着萝卜当人参，太贵了。"而卖者也不含糊，毕竟早市生意赚的是辛苦钱，得起大早摘菜，风里雨里做着小本生意；菜农进城更不容易，半夜就得出门，城里禁行道又多，左拐右绕，一不小心就犯了规矩，不是扣车就是罚款，一车菜就算泡汤了。不顺心的碰着不顺气的，难免交锋："也没有你这么买菜的，买个萝卜翻半车菜，比选妃子还费劲。""花钱我得买个顺心。""本来就是赔本赚吆喝的事，不卖了！""哎，凭什么？"一来二去话赶话，越说越难听，买卖不成，仁义也不在了。好在卖菜的每天要为生计忙，要的是和气生财；买菜的每天还要为家里的"刁民"们变着花样做"御膳"，牢骚归牢骚，餐桌上哪个"刁民"不动筷都让当家人心疼不是。你卖我买，吵几句嘴也不是什么大不了的事。过后再见面冲菜说话，搭讪几句，尽弃前嫌。早市还是早市，照样供需两旺，天下太平。

早市做的是小本生意，经营的是民以食为天的买卖，牵动着市民餐桌上的丰简，和市民日常生活水乳交融。笔者也是早市一族，每天跻身于熙攘的人流中，挑选着一天果腹必需的食品，每有收获便多一份当日无忧的踏实感。一天之计在于晨，这早市的晨光便有了哲理色彩，也便多了一份由衷的问候——早市你好。

嘿，足球

　　这些日子里，全世界的足球迷都把目光转向了德国的绿茵场上，为世界杯上的每一场足球比赛翘首，为每一个动作凝神，为每一个进球欢呼，为每一次失误唏嘘。人们为自己的球队喝彩，为自己的球星加油，为胜利欢呼，为失败伤神。绷紧的神经被足球撩拨得心潮澎湃，热血沸腾。看台上人山人海，潮起潮落，球迷们头戴具有象征意义的装饰，脸上涂着彩绘，摇旗、吹哨、呐喊，场面紧张、亢奋、疯狂。电视机旁、咖啡馆里、露天广场，世界的各个角落都被世界杯搅得天翻地覆。人们兴奋不已，呐喊助威，载歌载舞，彻夜难眠。人们沉浸在比赛带来的愉悦中，看球、评球、赌球，争得面红耳赤，各自维护着各自的偶像，对球队、球星充满期待，期待他们有更精彩的表演，有更辉煌的成就。家里、办公室里、公共场合，都在说球，场外的球迷不亚于场上的球星，一场比赛的成败，一个点球的得失，都让人或赞叹，或惋惜，或眉飞色舞，或跺脚顿足。足球大赛成为世界性的精神大餐。四年一度的世界杯成了牵动全球神经、调动全球激情的盛大节日。

足球是力量的竞争、技巧的竞争、意志的竞争、群体的竞争，还是心理因素的较量。足球在球星的脚下像是被施了魔法，踢来踢去，旋转自如，传递、穿插、射门、扑球，看得人眼花缭乱，难以喘息。球星们在凌乱中寻找机会，在激烈的角逐中凝聚力量，成败得失往往定格在那一瞬间。那一瞬间的爆发带来的喜悦和遗憾，来自球星的实力、技巧、攻守的组合、临场的发挥，双方的机会和运气，充满玄机，充满变数。每一个球都不可重复，既有必然，也有意外，既有狂喜，也有伤痛，像是变化无穷的万花筒，精彩无限，魅力无穷。

足球极大地满足了人们的竞争欲望和进取精神，看足球赛也是一种个人情感宣泄的途径，进攻、进取、进球，随时都有惊喜，始终充满刺激，险象环生，跌宕起伏，痛快淋漓，让人忘我，体现的是对力量的追求和对胜利的渴望。这里有平等的竞争，也有残酷的淘汰；有厮杀也有谋略；有精彩也有遗憾；有欣喜若狂，也有黯然神伤。绿茵场上永远是悲喜交加、胜负莫测的竞技世界，也是诠释人生的大舞台。作为看台上的观众，面对球场上的拼搏，有振奋，也有启迪。在情绪的宣泄中，经历着心灵上的洗礼。球场上的胜负，瞬间可以完成人生的奋斗，几多成败，几多得失。球场是人生的缩影，人们期待胜利，渴望拼搏，也在这成败得失中学会了宽容。胜者光荣，败者不馁。

足球象征竞争，也代表着凝聚力。民族精神、爱国激情、自豪、自信，都在绿茵场上得到了充分的体现。啦啦队的火爆助威，参赛者的万丈豪情，都能调动起民众的国家意识和民族情感。每有世界杯比赛，每个国家的球队都会成为祖国的宠儿，鲜花、掌声、祝愿、期待，人心所向，众望所归，无疑都是巨大的动力。上自总统部长，下至球迷百姓，有机会都会坐进球场，或在电视前看足球赛。政治家知道这是关乎形象、拉选票的舞台。寻常百姓知道这是放松自己，甚至是放纵自己的好机会。东道主自然知道这是发财的天赐良机，旅游、餐饮、宾馆、交通，世界杯期间，各行各业都会赚个钵满盆满，皆大欢喜。

足球作为一种文化现象，渗透到了千百万民众中，他们去欣赏，去体验，去参与。足球是民众活动、和平运动，它拉近了人与人之间的距离，加深了人与人之间的理解，促进了人与人之间的情感交流，为人们提供了显示力量和美的文明方式，日益深入人心。

可惜我们的球迷们看世界杯，还只能为别人喝彩，为别人的失败惋惜。在世界体坛上，中国已经是体育强国，在许多项目上夺得了金牌，就是在多项球类比赛中，中国队也有优势。足球不能出线，不能在世界杯赛上争高低，人们议论纷纷，有刻薄的调侃，有无奈的指责，也有真诚的期盼。有人说，足球是欧洲人的竞技项目，我们先天不足。有人调侃，中国人有文化心理上的障碍，喜欢遵守规矩方圆，只能打场地上有拦网的球赛，乒乓球、排球、网球、羽毛球都能一显身手，去掉拦网，和对方混战在一起，就失去了优势。这种说法自然是出于无奈。但无论怎样的说法，中国球迷们都企盼着中国足球有一天能跻身强队之列，在世界杯赛场上争个高低，让中国球迷们盛装打扮，彩绘涂面，"趾高气扬"地坐到绿茵场的看台上，高昂起头，瞪大眼睛，痛快地喊几句"中国队加油"。那种感觉，应该是相当不错的。

吃在江湖

吃饭是件难事，本无江湖可言。

天下美食数不胜数，南甜北咸，东辣西酸，远远不能概括各地美食的风貌。中国名菜系甚多，苏、闽、浙、徽、鲁、粤、川、湘，满汉全席，也只是众多美食之代表。各地名菜，各有千秋，烹制考究，色香味俱全，不仅让人大饱口福，也能让人赏心悦目，大开眼界。各地的风味小吃经历千百年的烹制和品味，更是炉火纯青，脍炙人口。现代人对吃越来越讲究，吃味道，吃营养，吃特色，吃健康，吃心情，吃友谊，吃文化，用尽心智，把民以食为天演绎得淋漓尽致。吃与人的生存息息相关，人不可一日不食。吃是普天下的大事、雅事，也是最普通的常事、琐事。吃什么？怎么吃？人们无一日不思考，问自己，问别人，吃的消费成为人生基础消费之一。

说吃在江湖，并不是指斗法的"鸿门宴"，也不是指下蒙汗药的十字坡，那种江湖凶险，毕竟是个例，并不是寻常百姓所经历的。这里所说的吃在江湖，是指关乎千家万户，无处不在的食品玄机。

快节奏的生活，人们忙于工作，为了省时省事，吃饭店，吃快餐，吃熟食，买半成品加工。有关吃的产业也越来越发达。吃不再是简单的生存过程。随着市场的发展和科学技术的进步，吃的质量和数量不断提高，人们不再为温饱发愁，开始有了更多的选择余地。吃得好，吃得精，吃得有滋有味成为日常的话题和寻求的目标。在食品日益增多、市场日益繁荣的情况下，随之而来的负面效应开始冲击人们的餐桌和饭碗。由于市场需求量大，监督机制不健全，假冒伪劣食品、化学添加剂过量食品、非检疫食品开始滥竽充数，混入市场，使吃的问题变得险象环生，人们稍不注意，就会吃出江湖凶险来。

这并非耸人听闻。

随着科学技术的发展和对食品数量需求的增长，工业化的技术成果更多地融入食品产业，人工饲养的猪、牛、羊、鸡、鱼等所使用的饲料添加剂中含有大量激素，吃这种饲料成长快、周期短，但肉质不香，其危害性还是潜在的未知数。用植物激素种植蔬菜等农作物，同样起着成长快、产量高的作用，但蔬菜、粮食会失去原汁原味，好看不好吃，附在果实上的农药残留更是直接损害人体健康。劣质无碘盐、"双黄"蛋、劣质奶粉、有毒的"瘦肉精"等等，更是人工造假的恶果。在食品加工环节中，有的业者为了使食品保鲜大量使用亚硫酸钠、氢氧化钠、工业火碱、氨水防腐剂，使食品看起来齐整、鲜艳夺目，吃起来病从口入，得不偿失，后患无穷。一些私屠滥宰的猪、牛、羊肉，注水的肉，死猪死鸡肉，躲过检疫关，经过乔装打扮，掩人耳目，从各种渠道进入市场，端上消费者的餐桌。以上种种原因，导致了菜农不吃自己种的化肥菜，食品加工者不吃自家商品的怪现象。所谓己所不欲，专以害人，让消费者疑虑重重。至于让全世界消费者谈吃色变的"疯牛病""口蹄疫""禽流感"更是听着吓人。

作为吃的一个重要渠道——饭店，或缺乏对全流程的严格把关，原料的购进，从业人员的健康，烹饪过程中添加剂的随意使用，让消费者雾里看花，吃出问题来不知根源。当社会由满足温饱转向消费时代时，浪里淘金，泥沙俱下，利益驱动的社会竞争打乱应有的秩序。有些食品经营者把利润看得高于一切，为牟取高额利润，无照经营，无本经营，弄虚作假，大行月黑风高的江湖之道。"黑"渠道进货，开"黑"店，办"黑"加工点，非法销售，"黑"来"黑"去，把一些不合格的食品推向市场。面对这些潜在的危险，消费者如在云雾之中，虽然有选择权，但没有选择余地，更没有技术上的鉴别能力，犹如闯荡江湖，亦步亦趋，不知哪儿是机关，哪儿是陷阱，只能无奈叹息，人在江湖，身不由己，是福是祸，全靠运气了。

由于吃的问题而引发的现代疾病已呈明显增多趋势，儿童早熟和发胖，成年人的心脑血管病、癌症，以及震颤、心慌、头痛、疲劳等不良反应，时时困扰着现代人的生活，危及现代人的健康。

说吃在江湖也不尽然，我们有《食品卫生法》和《消费者权益保护法》，有专门的监督机构，有专业的检测手段，有专职的执法人员，但食品流通渠道庞杂，流通量大，涉及面广，仅仅依靠专业职能部门的力量远远不能根除忧患，解决问题。要想消除食品市场上的江湖歪风，建设绿色食品通道，让人吃得安全，吃得放心，更需要消费者的维权意识和维权行动。人人戒备、处处设防，使无处不在的吃跟上时代的文明脚步。

有酒助兴

　　"李白斗酒诗百篇"，这是千古佳句。"何以解忧，唯有杜康"，连曹操这样的大政治家、大诗人也如此称颂酒，足见酒是好东西。人累了酒能解乏，人冷了酒能暖身，遇上喜事酒可以助兴，碰见愁事酒可以解忧。朋友聚在一起，酒是朋友的朋友，友情加酒情，越喝情越浓。

　　朋友某君好酒，便有许多故事。某君陪朋友喝酒，多显豪情，一桌的人，即便初次见面，三杯酒下肚，也都是朋友加兄弟，三生有缘，相见恨晚，肝胆相照，两肋插刀，名片递上去，有事找我。天下没有不散的筵席，事后酒醒就会把这事忘得一干二净，再问起来，某君便会眨着眼睛惊讶地说："我说过吗？怎么会呢？说过又怎么样，酒话能当真吗？"

　　某君陪女朋友喝酒，先是扭怩，说不会喝不会喝，接着又说今天高兴，就喝一点吧！喝一点再喝一点，半斤酒下肚，人也爽快了，话也多了，天南海北，海阔天空。谈到兴头上，就试探着问未来的岳父酒量如何，然后感慨万千，说我喝酒还没遇到过对手呢，有多少人让我灌得都钻到了桌子底下。酒胆加豪情，说得忘乎所以，直到发现餐桌上只剩下了孤家寡人，才如梦方醒，感到事情不妙。事后或投其所好，买一束鲜花，或以己度人，备两瓶好酒，登门给女朋友道歉，这事儿让某君后悔不迭。

某君陪领导喝酒，当然希望套套近乎，涨工资、提干、评职称，还有择优上岗、年终奖金的实际问题。谁都想活得轻松点，前程好有个保证。想得倒是挺好，可是喝着喝着就变了味，先是拍着领导的肩膀称兄道弟，好像和领导是世交，接着陈芝麻烂谷子的委屈都涌上心头，借着酒劲壮胆，东一句，西一句，一会儿声泪俱下，一会儿粗话连篇，全然不顾领导的脸色。不仅近乎没套成，往后的日子也好过不到哪去。

如今搞市场经济、商品社会，酒是交际的良剂。某君也会派去公关，上了场面某君便有了用武之地。某君在这种事情上是严肃的，尽职尽责的，"士为知己者死，女为悦己者容"，多喝几杯算什么！为初次见面，干！为合作成功，干！为小姐青春常驻，干！为先生身体健康，干！为事业有成，干！为振兴东北，干！有酒助兴，某君思路敏捷，口齿伶俐，风度潇洒。为产品销售、为公司前程、为领导所托，某君可以赴汤蹈火，在所不辞。可见某君的敬业精神、团队意识，哪怕事后躺在床上醉他三天三夜，某君也毫无怨言。

某君有时也会失意，失意时只有喝酒，寻朋友不见，便一个人独斟独饮，一杯酒，一盘小菜，酒要好酒，菜不在精。此时某君常常一脸严肃，内心却充满孤愤和不平。此时如果有人冒犯了某君，或有人在某君面前冒犯弱者，某君便会拍案而起，挥拳相向。这世道还了得？即便是面对几个身强力壮的大汉，某君也无所畏惧，老子不怕你们。其后果可想而知。最让某君伤心的是，某君本想像游侠罗宾汉、大侠展昭一样，做匡扶正义的英雄，但因某君平日行为乖张，又有前科，某君的正当行为反遭误解。受了伤害的某君遭责备，某君便深感世态炎凉，人心不古。某君如果把酒喝到好处，也是很可爱的，喜欢交朋友，乐于助人，对男人慷慨，对女人体贴，对孩子温柔，对上司敬重，对下属宽厚，某君的世界充满温情。某君会把身上仅有的钱送给有困难的人，会推心置腹地指出朋友的缺点。出入公共场所会主动给女士开门，乘车会给老年人让座，和朋友聚餐会抢着付钱。晚上给太太打洗脚水，上班替同事泡茶，为了把公事处理好会加班加点，某君不失为谦谦君子。

一日遇某君，多日不见，我说："喝酒去！"某君连连摇头，说："戒酒了。"我说："为什么？"某君说："喝酒太多，伤身误事。"我说："酒还是要喝的，君子之交，适可而止。"我和某君又坐到酒桌上，三杯酒下肚，我有些兴奋，说："今天和朋友在一起，我们喝个尽兴！"某君望着我半天，笑了："你也想荒唐一次。算了，适可而止吧！"其实三杯酒我已过量，只是我没有对某君说，世事艰难、人生坎坷而已，有几分醉意也不失为一种潇洒。

幸亏某君清醒，免却了我的荒唐。

美女如云

　　到过哈尔滨的外地客人，都说哈尔滨是出美女的地方。哈尔滨的女子身材高挑儿，眉目清秀，热情大方，洋味十足，爱打扮，敢穿戴，一向有领风气之先的传统。就是在以青、蓝、白为主色调的年代，哈尔滨的女人们也不甘平庸，巧施心计，总能弄出与众不同的风韵来，让外地人大开眼界。有外地客人调侃道："在一个城市的街头散步，三步见到一个美女已是春满枝头，而在哈尔滨的街头散步，春风扑面，一步可以见到三个美女，简直是繁花似锦了。"这固然是夸张的溢美之词，不必当真，但一方水土养一方人，塞外的风、松花江的水、移民城市的多元文化，滋养着这一方人，使哈尔滨的男人伟岸，女人靓丽，男人性格豪放，巾帼也不让须眉。

　　哈尔滨的女人不仅漂亮，更具现代女性的特质。作为近代新兴移民城市的后裔，她们少羁绊，不娇气，性格开朗，做事泼辣，自立性强，聪慧干练，各行各业都有女强人支撑着一片蓝天。女官员、女记者、女企业家、女医生，她们的业绩让人刮目相看。更多在普通岗位上工作的女性，脚踏实地，默默劳作，深得移民文化的真传。在社会变革、个人命运多变的今天，在再就业的艰难选择中，许多哈尔滨大哥还没转过弯来，他们挑挑拣拣，不是嫌活累，就是嫌钱少，再就是放不下架子，怕丢人。倒是一些讲究实际的大嫂们卸掉粉妆，不辞辛苦地在外奔波，恨不得一天打几份工，成为家庭经济生活的支柱。

作为现代女性，她们更容易接受新观念、适应新事物，她们做事更执着、更投入，在现代竞争更激烈的环境中，敢冲敢闯，认准的事情，勇往直前，少有顾虑，比那些遇事前思后想的男人来得更果断，成功率也更高。"连个主意都没有！"是她们批评男人的常用语。"这事儿听我的！"她们的坚毅常常起到稳定人心的作用。作为女人，她们又不乏温柔和细腻，靠女人的天分，她们热心于自己得心应手的事业，服装、美容美发、饭店、花店，一些边缘产业常有她们忙碌的倩影，她们以女性特有的管理能力和理财经验，应对生活的挑战。当然，她们也有视野狭窄、缺少灵活应变能力、情感代替理性等方面的不足，拿得起放不下使她们承受更多的压力。

和男人比，她们要承受事业和家庭的双重负担。家庭理财、教育子女、维护家庭成员之间的亲情关系，女强人在传统观念和现实生活的矛盾中往往顾此失彼，容易在这矛盾的交锋中失去平衡，这是她们不愿意但又不得不面对的社会问题。事业成功和家庭生活失败已不是个别现象，普遍的心理压力大大抵消了女人在美容方面做的努力。

作为现代女性，哈尔滨的美女们的泼辣性格得以张扬，她们少有传统的婉约，辣妹子们说话做事直爽，有一说一，直来直去。面对纷繁复杂的社会环境，她们有自己的防范手段，遇有不平，红颜色变，一句"不惯着谁"或者"谁也不惯着"足以让对手瞠目，这也让外地客人对哈尔滨的美女感到惋惜，哈尔滨女人柔中带刚的性格让他们感到失落。其实，在面对社会上的一些不公正时，先发制人、以攻为守不失为一种抗争形式和防卫手段。不过社会在不断进步，保护个人权益的制度也在不断完善，"不惯着谁"和"谁也不惯着"已不是最佳武器，气大伤身，红颜易老，一怒霜打落叶，一笑倾国倾城。在张扬个性的时代，美女们不一定要把自己修炼成"淑女"，就是现代"淑女"也不是简单的"文雅"和"宁静"，更不是老祖母时代的"笑不露齿"和"足不出户"，而是有了更丰富的内涵和更多彩的包容。外在的美丽和内在的修养在成就个人事业上仍然是最具有"杀伤力"的武器。

哈尔滨是个美女如云的城市，现代都市生活使她们锦上添花，她们由浓妆到淡抹，由敢穿到会穿，由外张到内敛，正在努力塑造着外美内秀的新美女形象。美女大赛、时装表演、影视屏幕、歌坛体坛，有了更多哈尔滨美女的倩影。现代都市生活也难为了哈尔滨的美女们，她们弱肩挑重担，汗水粉黛，和男人一起摸爬滚打，创造着新的都市文明。哈尔滨如云的美女不仅是一道风景，更是一种精神力量的象征。

积习难改

人在长期生活中养成各种各样的习惯，有好的习惯，也有不好的习惯。有生理上的，也有心理上的。如有的习惯早起，有的习惯晚睡；有人习惯在卫生间读报，有人习惯在餐桌前看电视；有人习惯吃夜宵，有人习惯不吃早点；有人习惯冬天吃冰激凌，有人习惯夏天吃麻辣汤；有人习惯左手用筷，有人习惯睡硬板床；有人开灯无法入睡，有人关灯就失眠；有人冬夏都喝热茶，有人四季都喝凉白开；有人有空就逛街，盘点各种时尚商品，有人没事就看碟，足不出户，与世隔绝。这些习惯五花八门，百人百样，或合理或不合理，都是个人行为，与他人无碍，不伤大雅。

至于开车闯红灯，过马路不走人行道，在公园里摘花，随地吐痰，乱丢垃圾，在公共场所吸烟，大声喧哗，说话带口头语，粗话脏话连篇，这些陋习于己无利，于人也有碍了。

习惯常是不经意间养成的，习惯成自然。一旦成为习惯，即使是陋习，也往往见怪不怪；即使见怪了，改也难。有这样一则笑话：一个厨子常在外帮工，每次帮工都从主人那里偷偷带一块肉回家。这天厨子家来了客人，厨子下厨切肉，见无人注意，切下一块精肉藏进自己怀里，恰巧被他老婆发现，他老婆训斥道："这是在自己家，还藏什么！"厨子醒悟，笑着回答："习惯了。"

有些习惯是可怕的。

我们少数公务人员，手里掌握着不同的权力，养成了管、卡、压的习惯，在改革开放推进政治文明的今天，仍然积习难改，把权力当成铺路石，为个人和小团体谋利益。某地一位农村女青年，去未婚夫家里探亲，因未婚夫前妻生有一子，女青年进村第二天就被当地计划生育部门传去，要罚女青年的超生款。女青年争辩说自己还没有结婚，其未婚夫在外地打工还没回家，拒绝交罚款。主管计划生育的领导大怒，强行将女青年送到卫生所做生育检查，检查结果证明女青年没有怀孕，但主管计划生育的领导仍然不甘休，扬言不交三千元罚款不放人。直到这个女青年的未婚夫回来，找到上级领导，事情才解决。

这虽然是个个案，却反映了少数人对权力滥用的积习难改。

有的习惯也是麻醉剂。

中国的廉政风暴使一些贪官落马。从现有的材料看，许多官员当初并无贪欲，都有清醒的头脑，并能节制自己的行为，对国家也有过较大贡献。思想的蜕变、环境的影响和监督机制的不健全使他们走上犯罪道路。从第一笔"黑金"开始，由担心自责到坦然受之，以至于习惯成自然，发展到极致，谁不拿钱、谁不送礼反倒让他们感到不平衡、不正常，要冷眼相看。陋习让黑白颠倒，最终断送了自己的前程。

习惯是一种惰性。习惯是长期养成的，让人心安理得，即便是陋习，也仍然成为我行我素的借口。习惯是一种势力，习惯成了众人的行为，彼此彼此，从众心理让习惯成了一堵推不倒的墙。习惯也是一种力量，好的习惯传承下来，蔓延开去，蔚然成风，能形成良好的社会风尚和生活习俗。

积习难改是人性的弱点，也是人类进步的羁绊。积习难改并不意味着不能改，社会变革往往是改革个人习惯和社会积习的推动力。改革开放以来，人们有意无意改变了许多习惯，习惯用语、习惯称谓、习惯的社交方式、习惯的就业形式、习惯的人际关系。不再称"同志"和"师傅"，而是称"先生"和"小姐"。不再在家里烟熏火燎地招待客人，而是去饭店订包房。不再迷恋铁饭碗，而是选择自己创业。不再越穷越光荣，而是提倡发家致富。不再轻视文化，而是千方百计拿文凭。不再靠面子共事，而是靠契约合同谋发展。不再老守田园，而是四处闯荡。不再写信问候，而是打电话和上网聊天。

有些习惯无伤大雅，无关紧要，不改也罢。有些习惯如疾在身，警惕一点好。有些习惯移风易俗，标志着社会的进步。

路在脚下

人生是走过来的，平坦也好，崎岖也好，一步一个脚印，靠自己去开拓，去探索，去跋涉。人生下来就要学走路，千里之行，始于足下，走路是人生的起点。读万卷书，行万里路，走路能丰富人生的阅历。人的一切活动，都得靠走路去支撑，去完成。虽然现代社会交通发达，可以以汽车、火车、飞机代步，然而现代城市车水马龙，公交车、私家车拥堵得马路水泄不通，所以人生之路还得靠自己走。"路漫漫其修远兮，吾将上下而求索"，选定人生目标，坚定不移地走下去，路就在脚下。

幼时走路，蹒蹒跚跚，一步三摇，但终究迈出了人生的第一步，这一步也会让父母心花怒放，笑逐颜开，忘掉所有的辛苦，内心燃起无限的希望。长大以后，迈出家门，走上社会，踌躇满志，意气风发，义无反顾，大有天下英雄舍我其谁的气势。深一脚浅一脚地走过青春年华，回过头来看看那些歪歪斜斜的脚印，有得也有失，于是感慨万千，总有无限遗憾在心头。可惜人生不能重来，时光不能倒转，空留遗憾，多少壮志也难酬了。此时再看看身边的年轻人，自然是皱眉头的时候多，开心大笑的时候少；指指点点的时候多，虚心请教的时候少，有时候心血来潮也会发些议论，提些建议，不过已经被踏上人生之旅的年轻人所不屑了。壮年人走路，坚实有力，一步一个脚印，直奔目标，不大会走弯路。但人生苦短，岁月如梭，此时家事国事天下事，事事操心，压力太大，机会不多，创业难，守业更难，人生不如意事十之八九，那坚实的步伐，便带上几分苍凉和艰辛，也多了几分沉重了。老年人走路，迟缓稳健，人生走过大半，阅尽人间万象，在夕阳的余晖中品味人生，不悲不喜，不惊不乍，那步履坦然大度，也显得分外平和。

人生是走过来的，有人感叹，人生之旅决定命运的就在那关键的几步。抓住机遇，就会一路平坦，这是人生经验的总结。但命运并非那么公正，对一些人来说，一步一个坎儿，步步是艰辛，常常使人生的道路变得扑朔迷离，充满变数。特别是对那些有意攀登高峰、选择崎岖山路的人来说，大有蜀道之难难于上青天的意味，失败和挫折在所难免，有时还会弄得遍体鳞伤。但人生必须要有目标，不浮躁，不气馁，有个科学态度，认识自己，把握自己，坚持下来，就会达到峰回路转、柳暗花明的佳境。

走路是人生的积累，直也好，曲也好，得也好，失也好，留下的是经验，是财富。人生有共同的方向，没有共同的道路，人各有志，人生像个万花筒，各有精彩，各有风流。走自己的路，让别人说去吧，这是自勉。从前人的足迹中寻找捷径，少走弯路，免去徒劳，这是借鉴。人生旅途，很少有重叠的脚印，路要靠自己走，我行我素是个性的张扬，但社会是一个相互依赖又相互制约的群体，把自己融入这个群体才能不偏离方向。人生之路是漫长的，不以一时的成败论英雄。成功和失败不是永恒的，时空变幻，此一时彼一时，一时的成功固然可贵，尺有所短，寸有所长，天生我材必有用。今天的成功者只能记录在今天的日历上，机遇永远留给有准备的人，今天的失败者明天可能就是一个成功者。有付出便会有所收获，曾经奋斗过便无遗憾。

人生之路上机遇和挑战同在，鲜花和美酒是酬劳，也是诱惑。做人要昂首挺胸，做事要脚踏实地。走在路上，风雨兼程，难免有所闪失，跌倒了再爬起来，丢掉浮躁，继续上路。

人的一生都在路上。东奔西走，或求学谋职，或开拓进取，走路能赋予生命辉煌。走南闯北，游历大好河山，开阔视野，陶冶情操，直抒胸臆，走路把人生带入无垠的境界，让生命升华。勤于走路，广泛交往，能使朋友遍天下，让生活多彩。勇于走路，探索人生，能积累知识，积累经验，积累财富，让人生这个大舞台绚丽多姿。人生是走出来的，路就在脚下，在跋涉中要珍惜脚下的每一步，它会为你开拓未来。

公交车上

　　公交车是城市里的传送带，来往穿梭于城市的大街小巷，把出门的人带到他想去的地方，把思归的人带回家。乘务人员的一声问候，虽是带有程序化的职业腔，仍不失为一种慰藉。坐在公交车里，望着窗外繁华的街景、醒目的牌匾、华丽的橱窗、经典的建筑、红男绿女的行人，一不留神就会错过一道美丽的风景。你会感叹，人在途中是一件多么愉快的事情呀！

　　公交车是流动的集散地，你上我下，来去匆匆，既不是起点，也不是终点，乘车只是一个过程。坐在车上，人在途中，人与人之间近在咫尺，却心神远游，彼此没有交流，也不必交流。坐公交车不比坐地铁，不能读书看报，所以在摇晃的车厢里，乘客个个表情凝重。各坐各的车，各想各的事，没有复杂的人际关系，没有相关的利害冲突。自我封闭，物我两忘，也是一种难得的闲散和安逸。

　　在商业化的城市里，公交车也不是世外桃源，无处不打着商品的印记，车厢内外都涂满了五颜六色的广告。从洗发液到减肥茶，从新款手机到时尚服装，影像广告、音响广告、文字广告、椅套广告，连吊在空中的把手都有广告，大有铺天盖地之势。在有限的空间里，你躲都躲不了。精明的商家无孔不入的宣传攻势，把你重又带回喧嚣的尘世纷争。市场上的陷阱让人难辨广告的真假，审视着满眼的广告难免狐疑，"不看广告看疗效"便成了一时的时尚语言。

公交车上毕竟是出门人的交汇之地，南来的、北往的在车上毗邻比肩，同车共济。人生百态，世间万象，都可以在这里演绎，称得上是人生的小舞台。虽是短暂旅途，也难免有冲突，车在行进中，你挤了我，我碰了你，一声"对不起"，一句"没关系"，一笑了之，同是陌路人，何必争长短。但也有另外一种情形，不顺心碰上不顺气的，便不依不饶。"你踩了我的脚啦！""踩了怎么啦，我又不是故意的。""你故意的行吗？""不行又怎样？"横眉立目硬碰硬，难免擦出火花来。你一言，我一语，唇枪舌剑，逐步升级，一肚子火气终于有了发泄之处。旁观者清，十年修得同船渡，这又何必呢！当事者偏要较劲儿，吵得脸红脖子粗，双方都气得心痛肝痛。"站起来是一座山，躺下去是一堵墙"，谁服谁呀！

公交车上也不尽是"冷战"，现代交通便利，乘客挤得像沙丁鱼罐头似的现象少了，但也不是人人有座位。逛街逛得腿发酸，四处奔波累得脑发胀，坐车坐车，上了车谁不想有个座儿，歇歇腿脚。有了座位便有了一路的安逸，这也是人之常情。这时每有老年人和带孩子的乘客上车，便会出现一些尴尬局面，有的人闭目养神，以示不见；有的人把目光转向窗外，"陶醉"于风景。但社会公德，人心所向，总会有人站起来让座，车厢里便会涌动出一股人间暖流。

公交车上也是凶险之地，陌路同车，彼此缺少关照，矜持之间，难免有浑水摸鱼者趁机伸出黑手，随身携带的财物被盗事件时有发生。乘客来自四面八方，如同散沙汇集，各自为战，而盗贼则有备而来，分工明确，如有失手，则凶相毕露。这时善良的人们就会突发奇想，如果有身怀绝技、十八般武艺都能精通的人，挺身而出，匡扶正义，把这些盗贼一一打翻在地，让全车人扬眉吐气就好了。或者此时突然闪出几个便衣警察，将盗贼一网打尽，让全车乘客拍手叫好，那该有多痛快！但生活不是影视剧，千钧一发时并不一定总会出现奇迹。大家齐心协力应付不测最好，毕竟做贼心虚，邪不压正。更重要的是，人在公交车上，矜持、遐想、凝神之间，千万别忘了呵护自己的钱包。公交车上并不太平。

城市有统一的作息时间表，同一时间、同一地点、同一线路的车上，人们总会发现一些熟悉的面孔。世界虽大，人们的生存圈子有限，长期乘车，不经意间也许会从一些偶然中——从对方间的谈话、熟人间的打招呼，而知道了对方的职业，甚至姓氏，也许会产生相识的愿望，但有时也许永远也没有相识的机会。人在旅途，擦肩而过的人和事太多，这并不重要。其实人的一生都在旅途中，在旅途中生存，在旅途中奋斗，彼此间多说一些旅途平安愉快足矣。

酒吧对话

偶有余暇，被朋友拉去逛街，城市日新月异，即使长期居住在一座城市里，一不留神，就不定会在自以为熟悉的地方迷失方向。街道拓宽，楼房更新，身在其中，全然找不到昔日的感觉。特别是蜗居陋室久了，出门看看，高楼大厦林立，一幢比一幢漂亮，绿化工程、亮化工程更是锦上添花，营造出的现代大都市的浪漫景观，让人流连赞叹。逛街的朋友余兴未尽，坐进酒吧里高谈阔论起来。朋友间的谈话向来随意，杂乱无章，为了便于记录，我把谈话内容归于问答形式，免得坏了读者的兴致。

这次逛街看的是果戈里大街和新落成的莫斯科大剧院，对话就从这里开始。

问：你对果戈里大街印象如何？

答：好啊！虽然有些老建筑拆了，一些新建筑为了保持这条街的旧日风格，都做了外部装饰，整条街看上去风韵不减。商铺林立，招牌抢眼，游人如织，比过去增加了几分现代商业街的气氛。

问：果戈里大街是它的旧名，恢复这条街的旧名称时引起一些争议，你意下如何？

答：当年哈尔滨有几十条街都使用外国名字，什么俄国街、高丽街，什么涅克拉索夫街、罗蒙诺索夫街，什么炮队街、军官街，多了去啦，都是中东铁路当局把持的公议会搞的鬼，后来收回了中东铁路局的特权，名字都改回来了。现在恢复果戈里大街的名字，一方面是正视哈尔滨曾经有过的历史，这应该是自信的表现；另一方面既然我们从物质上接受了哈尔滨城市的特色，为何不搞一个特色景区，事情做到极致，才能有效果。搞旅游城市也是这个道理，招人呗！

问：你这话听着别扭，应该罚你喝酒。

答：别，这话粗理不粗。我们毕竟不是处于冷兵器时代，农民起义军打天下，非把旧皇宫烧了，重新建一个新的。也不是看着什么美好的东西都充满仇恨的红卫兵时代，古为今用，洋为中用，拿来我用，我们这座城市向来有开放、开明的胸襟。新世纪了，科技发展，经济腾飞，全球一体化的风越刮越烈，一座城市保持自己的特色不容易，过去的一些是是非非已经写进历史，挖掘点对我们今天适用的东西何乐而不为？

问：哈尔滨作为近代崛起的有特色的城市，有异域风情，有青春活力。虽然在改造初期有些失误，扒掉了一些不该拆掉的建筑，但现在正加快特色城市建设，特别是一些新的建筑，有意识地突出异域风情。你以为怎么样？

答：很好啊。就拿我们喝酒的酒吧来说，温馨的灯光、闲适的情调，透过玻璃窗，可以望见河对岸几座小洋楼，挂着醒目的招牌，河上小桥流水，岸上灯红酒绿，红男绿女，散步其间，不失为一处旅游和休闲的好地方。

问：刚才我们还去了莫斯科大剧院，耀眼的建筑、异城的情调，也是临河而建，河上的白色曲桥回廊与大剧院建筑相互辉映，显示出设计上的精心和精巧。当时我注意到你的表情，有点看呆了，很赏心悦目吧。

答：爱美之心人皆有之，对于人类创造的文化文明，哪有不动心的？这座大剧院，对于果戈里大街，对于横贯果戈里大街和中山路的河流，以及沿岸的异域风景区来说，无疑是锦上添花。但是，我对莫斯科大剧院的名称却不敢恭维。

问：这不应该也算是浓墨重彩的一笔吗？

答：不尽然。一个城市的大剧院，是这个城市公共文化的标志性建筑，它可以反映这个城市的特色和历史内涵，而且应该是这种特色的精华。在这一点上，大剧院做到了，大气、洋气、辉煌。但是，作为一个城市公共文化的标志，用另外一个国家的首都来命名，怎么看怎么想都有点不和谐。我自信不是一个狭隘的民族主义者，旅游也不是一个城市发展的短期目的，我不想说刻薄的话，还是忍不住用画蛇添足来形容自己的感觉。

问：你还是说了刻薄的话，应该罚酒。说闲话容易，你以为这大剧院叫什么好呢？

答：反正是说闲话，那就把闲话说到底。其实哈尔滨自身就是一个大气、洋气的城市，也是一直让市民引以为豪的城市，城市改造工程也一直沿着这一思路发展，相信这一特色会越来越突出。用哈尔滨这三个字来命名大剧院，不仅无愧于这座漂亮的大剧院，对大剧院、对哈尔滨这座城市，都有双赢的效果。

问：说了半天也没新鲜的，还得罚酒。

答：最本质的东西可能是最平常的，淡中品味。好，这酒我喝还不行嘛。

男女有别

男人和女人要终生厮守，但男人和女人有着千差万别。

女孩子从小儿就喜欢人家夸她漂亮，从扎的发辫到穿的裙子，对称赞来者不拒，受不得委屈。男孩子和女孩子在一起玩耍，爱告状的多是女孩子，受责备的总是男孩子。女孩子随着年龄的增长，对父母的依赖会越来越强，女孩子会很乖。男孩子到了青春期，会产生某种叛逆心理，对家庭会重新审视。少年时代，男孩子的话会越来越少，把情感埋在心里；而女孩子的话会越来越多，把情感放到嘴上。

男人和女人，一旦为人夫和为人妻，角色分工会越来越清晰。母亲是孩子的依靠，父亲更容易成为孩子的偶像。父亲对孩子的影响，身教多于言教；母亲对孩子的影响，言教胜于身教。母亲与孩子之间便于交流，往往成为家庭的核心，而父亲的威严会使孩子敬而远之。

男人注重事业，女人偏重家庭。男人分心的事太多，容易疏忽家庭。在家里，女人的权力欲要比男人大得多。女人对琐事喜欢唠唠叨叨，容易失去"人心"；男人对琐事不闻不问，倒显得开明。女人工于心计，在战术上是行家；男人拙于管理，所以大权旁落，但在战略问题上，男人从不糊涂。

女人期待的是温柔体贴，男人看重的是责任义务。付出和索取是难以平衡的天平。女人会抱怨，你一点也不关心我。男人会说，别人有的我都给你了，你还不满足。

在做事上，女人比男人更专注，女人一旦认准的事情，会全身心地投入，一往无前，义无反顾。而男人在做事上反倒瞻前顾后，犹豫不决。男人看重结果，女人醉心过程。

女人在教育子女上更有前瞻性，孩子一出生，女人就会为孩子做出从上学到工作，再到结婚一条龙的规划。而男人疏于心计，大而化之，由着孩子个性发展。男人注重孩子的兴趣，女人更注重包办孩子的前程。在孩子的教育上，女人付出的辛苦多；在孩子的成长上，男人发挥的影响大。

在事业上，男人善于审时度势，能伸能屈；女人好冲动，易受挫折。受家庭的制约，女人在社会上创业，要付出比男人更多的努力。但女人一旦成功，其细腻的情感和专注精神，会比男人更有能量和效率。

和朋友交往，男人注重义气，女人注重实际。男人好说"在家靠父母，出门靠朋友"，动不动就"两肋插刀"；女人则"和者聚，不和者散"。男人往往成在朋友，败也在朋友；女人则更依赖家庭的庇护。

在消费上，男人奋斗的目标是房子和汽车，女人倾心的是装修和家里人出门的仪表。女人喜欢逛街，在五颜六色的时装面前，就是不掏腰包也会陶醉不已。而男人一进商场就喊头疼，男人宁肯在家里打扫卫生和准备一顿丰盛的晚餐，也不愿陪女人逛街。男人有几件出门的衣服足矣，女人的衣橱足以开个小型时装店，还总感觉委屈了自己。

女人出嫁但心却不曾离开父母。男人一结婚就有了独立的小家庭意识。男人爱妻子会主动讨好岳父岳母，女人爱丈夫未必刻意去讨好公公婆婆。

女人吵架是为了宣泄，什么理由并不重要。男人和女人吵架时往往采取回避或妥协的态度，认为那些都是微不足道的小事儿。女人满足于精神上的胜利，男人寻求的是心安理得。

在婚姻问题上，男人看重家庭的形式，女人更看重夫妻的感情。一旦家庭出现危机，男人可能在婚外寻求慰藉，而保存家庭的形式；而女人宁肯放弃家庭，寻求解脱，也不迁就男人。

面对压力，男人往往以沉默应对，以坚忍抗争；女人更愿意倾诉。表面上女人的不幸多一些，其实男人活得也不轻松。女人通过倾诉来排解内心的压力，而男人则以沉默来积聚力量。

男人的霸道是我行我素，女人的霸道是指手画脚。

母爱是温柔的，母亲希望永远用自己的双翅庇护儿女。父爱是深沉的，父亲希望儿女翅膀坚挺自己去飞翔。女人作为母亲，受到全人类的尊敬，男人作为父亲有时会受到冷落。母爱是家庭式的，父爱则包含了更多的社会内容。母爱是归航的港湾，温馨而安全；父爱更像古人的驿站，父亲会对儿子说：换一匹马，赶紧奔向下一站。

爱情阶梯

年轻人的爱情，只要找着感觉，很容易一见钟情，爱你没商量。这感觉也许是容貌，青春年华，充满活力，在彼此的渴求中，一颦一笑都能拨动情怀，坠入情网。爱情是碗麻辣汤，辛辣刺激；情人眼里出西施，甜蜜满足。这感觉也许是气质，风度翩翩，谈吐不凡，高深莫测，像一本打开的书，让你一页一页地读下去，急于知道后事如何；这感觉也许也是一种机缘，茫茫人海中两个陌生人走到了一起，擦出了情爱的火花。年轻人的爱情是玫瑰与烛光，是缠绵与情话，是音乐殿堂和美术画廊。年轻人的爱情单纯、热烈、浪漫、神秘，还充满了想象。

爱情需要选择，外在的美和有形的物质条件是显而易见的，虽然标准不同，各取所需挑选起来并不难。但是否适合做自己人生的另一半，还有更多的因素，选择起来并非易事，也往往被忽视。有共同的志趣，有共同的价值观念，互相理解，同进共退，无怨无悔，应是最佳搭档。把爱情视作奉献，互相关爱，互相包容，求同存异，也能将爱情进行到底。生活是个万花筒，爱情没有教科书。初恋的年轻人多少带点盲目性，爱情常会使人变"傻"。年轻人缺少人生阅历，在情感问题上往往带有主观色彩，按自己的想象去解读恋人，一旦坠入爱河，看什么都顺眼，叫什么都悦耳，到处充满阳光。这种解读也许符合实际，也许相去万里。爱情也会让人变得聪明，懂得投其所好，有意无意会张扬优势，掩饰缺点。初恋的缠绵会掩饰许多利害相关的矛盾，年轻人的爱情有时会埋下许多未知的伏笔。

爱情步入婚姻殿堂，二人世界很快会变成三口之家，孩子的出生会给爱情生活注入新的内容、新的活力，这是爱情的收获季节，也是夫妻生活的相对稳定期。这时的爱情由甜蜜转向温馨，小家庭逐步和大社会建立起千丝万缕的联系，家庭生活变得复杂多变，激情燃烧的岁月变成了平平淡淡的生活，日子变得琐碎而实际。柴米油盐酱醋茶、家庭开支、社会交往、工作压力、性格禀性，开始考验着爱情，各种矛盾终于浮出水面，夫妻生活进入磨合期。大多数夫妻在磨合中经受住这种考验，懂得幸福不仅仅是索取，更多的是付出，爱情需要珍惜，否则鲜花也会枯萎。等彼此适应对方后，便会建立起一整套的生活模式，爱情也就不再浪漫，这也使得实实在在的爱情扎下了根基。也有一些年轻夫妻，激情过后，现实生活中不可调和的矛盾便会显露出来，而且愈演愈烈，正常生活难以维持，现代社会新的爱情观念和新的婚姻观念让他们得以解脱。失败的婚姻追根溯源，在于选择上的盲目和匆忙。这杯酒虽然苦涩，但对未来的生活可以提供启迪。

中年人的爱情不再卿卿我我，更多的是共同的责任和义务。

中年人的爱情不再浮躁，变得厚重而深沉，没有了奢望和幻想，把更多的精力放到了家庭建设、子女教育、事业追求上。中年人的爱情像是尘封多年的美酒，醇香绵长。现代社会，人生变数大，承担的风险多。人到中年，既是事业上的收获季节，也是成功的喜悦和失败的烦恼的多发期。人生的航船或一帆风顺，或遭遇风暴，有福同享、有难同当成了爱情的试金石。中年人的爱情变故，常伴随着个人的际遇和社会背景的改变。爱情是人生的风帆，可以借助风浪把船驶向港湾。家庭是人生的憩园，可以慰藉疲惫的心灵。中年人的爱情多了一份沉重。

老年人需要亲情，少年夫妻老来伴，大半生的风风雨雨、大半生的风花雪月，都抛到了身后，阅尽人间万象，喜怒哀乐、荣辱得失，都成过眼烟云。咀嚼人生，心气平和，老夫老妻，就像住久了的房子、用惯了的手杖，如影随形，有了更多的亲情感。相依相伴，共同关注着儿孙的成长，共同分享着天伦之乐。余暇多了，偶尔也会抱怨几句"想当初"，但"想当初"已经一去不复返。留在记忆中的几经审视，变得模糊了，老年夫妻希望在夕阳的余晖中，携手前行，那是一种对二人世界最终的依赖和认同。

老人再婚

　　人到老年，辛苦了大半辈子，儿女长大成人，有了自己的家庭和事业，子女们接过生命的接力棒，踏上人生的跑道，开始新的征程和生命的循环。由于种种原因，他们没有更多的时间去陪伴老人。夕阳中，卸下人生重担的老人有了更多的余暇，去做自己想做的事情，去充实余下的生命空间。平常日子，除了企盼着儿女们常回家看看，就是老夫老妻相依为命，在生命的余晖中安度晚年。白头偕老是对美满婚姻的赞美，但人生会有不同的终点，对于一些丧偶的老人，失去了那一份依托，独自面对失落的晚年生活，便多了几分孤独和寂寞。老年人有老年人的精神世界，有自己的生活习惯和节奏，有自己的愿望和需求，这是年轻人无法替代的。远离人生主航道的老年人，由于健康原因，不仅生活上有诸多不便，更害怕孤独。所以一旦有相遇相知者，便希望重新穿上礼服，或披上婚纱，走进婚姻殿堂，营造一个有二人空间的天地。老年人再婚，不需要多少风花雪月，不需要多少浪漫情怀，他们有的是为了经济上有个依靠，有的是为了寻求精神上的寄托，希冀着有一个伴侣，相携着一起走过人生的最后一段岁月，让生命在夕阳中多一些温馨，多一些色彩。

现代社会对老年人再婚有了更多的关注和人文关怀，一些年轻人对父母的再婚也有了更多的理解和支持。为了老年人的身心健康和晚年幸福，应该努力为老年人营造一个祥和安泰的生活环境。

一些再婚老人，梅开二度，重新扬起生命的风帆，夕阳无限好，人生重晚情。但老年人再婚并非都是坦途，同样会面临诸多难题，这让老年人感到困惑和不安。

在一些人的心目中，谈婚论嫁是年轻人的事，老年人再婚是个尴尬的话题，对于老年人再婚，不以为然者大有人在。有些做子女的，也成了老人再婚的障碍，找借口的有，给脸子看的有，拐弯抹角使之终归不能再婚的也有。"难道我们对你不孝顺吗？""不缺吃，不缺穿，有福不享，干吗找那个麻烦！""找也行，找个有钱的，找个有房的……"理由多多，表面上是对老人的关心，说到底还是儿女的私心在作怪。

从情感上讲，这里有对已故老人的怀念，多年家庭生活形成的亲和力，不愿意被陌生人代替，打破原有的家庭氛围，影响两代人的感情。这种狭隘的情感完全忽略了老人自身的利益，忽略了老年人生活的需要，除了表现出对老人的不信任外，更多的则是儿女的自私和冷漠。

反对老年人再婚，更深层的原因还在经济利益上。当今社会，"小吃老"的现象常见，许多老年人出于对子女的关心，无论在情感上还是在物质上尽最大的可能帮助子女，从衣食住行到照顾孩子，倾其所有不让子女受委屈，养成了年轻人依靠老人的习惯，老人再婚，会直接影响子女的利益。对于一些有积蓄的老人，老人身后的财产继承也会成为问题，这些都会成为老人再婚的障碍，也给老人再婚增加一定的压力。

家庭的和睦，亲情的牵挂，常常使准备再婚的老人望而却步，辛苦了大半生的老年人，为求得心安，不得不放弃晚年追求幸福的打算，抱着缺憾度过余年。有些老人真的走出这一步，再婚后也可能会遇到一些麻烦，婚后的生活事与愿违，这些烦恼使再婚的老人难以安宁。

现代社会，人们的法制观念得以提高，重视用法律手段来维护个人的权益。一些再婚老人为了避免婚后和身后的麻烦，采取婚前财产公证的办法来明确财产的归属，一方面保护当事人的利益，一方面也避免财产的纠纷给子女造成不快。要结婚，明算账，丑话说到前头，这固然不失为一种办法，但很容易对当事人的感情造成伤害，难以保证老年人再婚的质量。特别是对一些传统观念很深的老年人来说，这支签字的笔会显得格外沉重。现代社会的价值观念和传统观念的交锋，会使老年人处于尴尬境地，难以适应。老年人为社会、为家庭辛苦了大半辈子，此时此刻会显得心酸和无奈。

老年人再婚并不是新鲜话题，不同的社会背景会面临不同的问题，对待老年人再婚的态度，是社会物质文明和精神文明程度的标志。当然，老年人再婚，并不是老年人晚年生活的唯一选择。老年人的精神追求和生活方式多种多样，理解老年人的精神需求、尊重老年人生活的个性选择，为老年人营造温馨祥和的生活环境，让老年人晚年生活得自得其乐，是全社会和每个家庭的责任。

女人逛街

女人爱逛街。

不管春夏秋冬，只要是双休日、节假日，女人在日程安排上的重要一项就是逛街。平常日子，忙里偷闲，下班路上也要绕个弯子，去商业街走一圈。

女人逛街，很重要的一个内容就是逛商店。百货店、服装店、鞋帽店、针织店、副食店、化妆品店、金银珠宝店、纽扣专卖店，豪华的大商场、一间门市的小店、精品屋、街头地摊，在繁华的大街上，女人们出了这个门进那个门，脸上总是凝聚着专注的表情，充满审视和期待，乐此不疲。

女人逛街，并非完全是为了购物。商场的豪华装饰，日新月异的新商品，热热闹闹的购物氛围，都会让女人陶醉。一套庄重雅致的家具，一身新颖高档的时装，一款精美绝伦的首饰，其昂贵的价钱会让女人咋舌，但也会在女人心里燃起一线希望：一切都会有的……瞬息万变的流行时装，让女人心跳加快，对工薪女人来说，潮流是赶不起的，但爱美的欲望会启迪心灵手巧的女人缝制出相形之下并不逊色的服装穿在身上，款步而行，穿街走巷，引以为豪。

女人爱逛街，女人对时尚和流行最敏感，眼下什么商品最走俏，在哪家商品店出售，可以砍到什么价，女人心里有一本明细账。"千万别上当啊！"女人会嘱咐出门购物的先生，或者在她的推荐下跃跃欲试的女友。女人心细，哪一家商店换了老板，哪一间门市换了招牌，甚至哪一家店铺哪一排货架上的商品陈列有了变化，都逃不过女人的眼睛。"哎哟，那一条长裙被人买走啦！"女人会对身旁的女伴发出感叹，那是她心仪很久而没买下的时装，语调中充满惋惜。女伴也不示弱，说："那裙子前两天就被人买走啦！你看那条裙子，新上柜台的，马上就会流行起来，想买要快，过了这个村就没这个店了，这世上可没有卖后悔药的。"

女人轻柔如水，温馨如云，美丽如花。生活钟爱女人，生活中许多美好的东西是为女人而存在的，精美的时装、养颜的化妆品、美容美发厅、首饰、坤包、小食品，备受女人青睐。但别以为女人是水做的就缺少坚韧，女人是一家之主，担负着照顾生活和孩子的重任，这样一来女人的逛街便有了多重意义。逛街的女人在购物上个个精明，不仅能预测商品流行的趋势，谙熟商品价格行情，熟练地在万花筒般的商业街上买到最满意的商品，而且精打细算，能把钱花在刀刃上。挑品牌、挑款式、挑质量，细微中总能挑出瑕疵来。从某种意义上讲，女人是维护消费者权益的卫士。女人会砍价，那种大砍大杀、锲而不舍的劲头，就是最精明的老板也会脊背生风。但是，商家明白顾客是上帝的道理，女人是最广泛的顾客，是购物大军中的权威阶层，是上帝中的上帝，是不可轻视的一族。商家会利用女人的购物欲望，抬出吓人的卖价，女人也会还他一个同样吓人的买价，拉锯式的讨价还价是不可避免的。女人的耐力最终会使商家招架不住，"我不买了"，抬腿就走，这是女人的杀手锏，也是买卖双方较真的手段。商家掌握火候，懂得适可而止，拿出跳楼价和亏血本的表情来满足女人的胜利欲望。在这方面男人要逊色于女人，女人在讨价还价时不希望男人在身边，男人会打乱女人的战术。男人或在一旁观望，或索性躲到门外吸烟乘凉观街景，买卖成交时充当搬运夫的角色。女人对男人这种消极态度自然不满，但想想收获，抱怨几句也就释然了。

云想衣裳花想容，逛街的女人总要精心打扮自己。女为悦己者容，但女人的打扮不仅仅是给男人看的，女人注重自己在男人眼中的地位的同时，更注重自己在女人心中的评价。打扮入时的女人走在街上，不仅男人注目，女人也会注目。男人的目光是欣赏，匆匆而过；女人的目光就复杂了，欣赏、揣摩、比较、挑剔。女人很介意女人的目光，女人从女人的目光里能看出自己的成功和失败。一个打扮入时的女人逛街，女人回头看她的概率有时会高于男人回头的概率。所以逛街的女人在修饰打扮上，总是刻意而精心。女人喜欢在不同的场合有与众不同的形象，女人追求时尚，唯恐落后于潮流，但女人更追求独一无二，就像喜欢自己的先生独一无二，自己的孩子独一无二。有一件得意的时装，就希望天下不要再有第二件。走在街上，阅尽人间春色，唯小女独领风骚。

　　女人爱逛街是天性，也是责任。女人喜欢街头那浓郁的商业气氛，从牌匾广告到橱窗里的模特，从闪烁的霓虹灯到熙攘的人潮，都让女人柔情百转，荡气回肠。女人也喜欢把自己打扮得千娇百媚，融入时尚街头。

男人的世界

男人有男人的世界。

男子汉大丈夫身强力壮，豪情满怀，志在四方，肯吃苦，有耐力，任劳任怨，自知是社会的中坚、家庭的支柱，家事国事天下事集于一身，男人便觉得自己身上能放射出耀眼的光环。男人和男人在一起，高谈阔论，指点江山，激扬文字，上下五千年，纵横八万里。从社会时事到当地要闻，从中央政策到世界风云，从历史典故到时下改革的得失，从美国的霸权到中国的民主进程，无所不包。或壮怀激烈，慷慨激昂，针砭时弊；或洞察全局，建言献策，豁达大度。虽是布衣，仍以天下为己任，居江湖之远，国家兴衰无不在胸襟之中；身为匹夫，天下兴亡当仁不让。

酒后茶余，男人坐在一起调侃，更是野心勃勃。天南海北，神驰千里，出将入相，意气飞扬，不惜粪土当年万户侯。不就是诺贝尔什么奖吗？"皇帝轮流做，明年到我家"，中国人得此殊荣是早晚的事。比尔·盖茨又怎样？他不过是脚踏到了前沿上，现今是知识爆炸、财富爆炸的时代，把他炸到了天上。高科技时代，是创造奇迹的温床，天时地利人和，说不定哪天也能抱个金娃娃。别以为这是痴人说梦，人间许多奇迹都是从梦开始走向现实生活的。男人富于想象，喜欢冒险，适应能力强。男人的生存条件迫使他们承担起更多的责任。在人生的道路上，男人多饱经坎坷磨砺，其事业心经过淬火和锻造，褪去浮躁，更容易有所作为。

男人的事业心强，性格粗犷豪放。男人好动，孩提时代就玩得出格，参加体育活动的男人远远多于女人，但男人的精神世界同样丰富细腻。女人喜欢交流，喜欢寻找谈论的对象，以获取精神寄托。男人的爱好颇为广泛，男人的精神依托五花八门。有人迷钓鱼，风雨不误；有人玩鸽子，醉心于满天的鸽哨声；有人喜欢扎风筝，欣赏自己的杰作在空中飞翔。男人的业余生活丰富多彩，更多的物件让男人着迷，成为男人的专利。有人收集火花、烟标（未必是吸烟者）；有人收集演出门票；有人收藏古钱币、古瓷、古玉等古玩；有人爱下棋，废寝忘食；有人偏爱纸张发黄的旧书报；有人喜欢品酒；有人喜欢品茶，而且品得出神入化。很多男人手里没有驾照，但对世界各地的名车均耳熟能详，能熟稔地说出各种车的型号和性能，多数女人对此没有多大兴趣。男人的这些爱好，有的和自己的生活有关，有的和日常生活风马牛不相及。男人能把这些风马牛不相及的东西玩得如醉如痴，玩出品位来，玩出文化来，这是男人爱玩的本性的回归，不过是玩得雅致，玩得精益求精。长沙有一位姓何的先生，从事卖鱼的行业，他能用手称出鱼的分量，而且精确无误，除了天分与爱好外，无不潜伏着男人的爱玩心性。在女人看来，男人的一些爱好莫名其妙，女人很少顾及这些和日常生活不相关的东西。在日常生活中，更多的女人喜欢养宠物，宠物能和人交流感情，这让女人情有独钟，把宠物视为朋友。

男人嘴馋，食不厌精，男人对美食的欲望大大高于女人。虽然男人不情愿下厨房，但很多男人在烹饪上都有几手绝活。男人在食欲的引诱下会跃跃欲试，在家庭改善伙食时，男人会冲在前面，在烟熏火燎中大显身手，煎炒烹炸，不惜工本地做出几样拿手好菜，当这些色香味俱全的菜肴端上餐桌时，男人会充满自豪。男人做事一旦投入，会精益求精，特别是职业化的男人，会把事情做到极致。许多职业，如烹饪大师和服装设计大师中，就有很多是男人。

现代社会，男女同工同酬，更多的女人走上社会开拓自己的事业，甚至成为家庭经济的支柱。男人一般不会反对女人有自己的事业，但男人私下里都希望女人能做到家庭和事业兼顾。男人不承认自己有大男子主义，越来越多的男人用更多的时间从事家务活动，但男人仍把夫唱妇随看成是理想的生活状态。男人四处奔波，在生意场上、名利场上拼搏，豪气冲天，常以强者自居。但男人的内心也有脆弱的时候，更期盼有一个温馨的家能让自己休养生息，消除身体上的疲惫，慰藉心灵上的创伤。男人和女人心目中的家并不完全是一个样子。家是女人的陆地，女人在这里耕耘收获，女人希望家园五谷丰登，日新月异。家是男人的港湾，男人更希望在这里躲避风浪，男人希望家园风平浪静，安泰祥和。一旦港湾风起云涌，男人会比女人表现得更加张皇失措。

男人常被嘲笑为"怕老婆"，"怕老婆"的男人是家庭温度的调节器，女人很钟情这种"怕"，但并不是所有女人都能理解和珍惜这种"怕"，一旦调节器失效，无论是男人还是女人，都会有很多理由走出这片陆地或港湾。

男人的世界有阳刚也有阴柔，有情理也有荒诞，要不生活会很单调的。

青春的躁动

　　十几岁的孩子到了青春期，生理上、心理上都在发生变化，男孩子变得健壮，女孩子变得漂亮，不仅在镜子里频频审视自己、欣赏自己，而且感到自己长大了、空间变小了、视野开阔了。知之甚多，于是更多地关注外部世界，懵懂之中，似乎悟透了世间万象，开始怀疑旧的偶像，追随新的英雄。父母的话变得迂腐了，家庭变得狭窄了，遇事开始说"不"，乖孩子变得不乖了，这使得父母措手不及。父母开始担心，开始唠叨，开始说教，想把自己几十年的人生经验一下子传给他们，让他们懂得更多的人生大道理和做人的准则。父母要求他们循规蹈矩、健康成长、好好学习、天天向上，即使不能成就一番大事业、光宗耀祖，也要成为一个有一技之长、能在社会上安身立命、让父母放心的孩子。人同此心，心同此理，天下做父母的无不用心良苦，竭力打造一个对社会有用的人才。但青春期的孩子敏感、自信、固执，甚至反叛，父母的话已经不大灵光了，与他们的想法往往南辕北辙，于是矛盾出现了，交锋出现了，代沟出现了，做父母的开始惴惴不安。

青春期是人的生命历程中的一个飞跃。处于青春期的孩子思想活跃、精力充沛，接受外界事物快，对新知识、新观念敏感，吸收力无限，往往会站在时尚的前沿。走出家门，犹如进入一个全新的世界，激昂，兴奋，初出茅庐，放眼世界，大有登泰山之巅、一览众山小的气魄。自以为是，我行我素，头脑里呈现出更多五彩缤纷的想法，超越凡人，崇拜偶像，朦胧中有了追逐的目标，看人看事有了独特的视角和表述方式，开始敢于作为和有所作为。行为中不乏天真，不乏道理，不乏荒诞，这让做父母的在不知所措中喜忧参半。

青春期也被认为是人生成长过程中的危险期。青春期的孩子自信而缺少经历和经验，有追求但多盲动，有理想但多幻想，像是到了人生的十字路口，向前向后、向左向右，失之毫厘，差之千里。这也是做父母的担忧所在。由于生理上的成熟和心理上的脆弱，他们往往缺少自持能力，早恋、迷网、辍学等让家长头痛的现象，往往发生在处于青春期的孩子身上。家长们开始发警报、亮红灯、设防线、步步为营、坐立不安，担心稍有疏忽，就会使孩子误入歧途，走上极端。

青春期的躁动是地下涌动的岩浆，是萌动发芽的种子，充满活力，左奔右突，不可抑制。人的理想信念、爱好兴趣，也往往在青春期的涌动中萌发，破土而出。少年立志可能有随意性，但也孕育着人生成长的必然。一些偶然的契机，可能点拨出影响人一生的志趣和爱好。青春期是人生一个新的起点，犹如生命的田园，撒下什么种子开什么花、结什么果，家长们深知守护田园的道理。

青春期的孩子外表反叛，但内心孤独，追求独立又渴望依赖，情绪激昂而遇事脆弱。他们需要理解、渴望交流，犹如发芽的种子，需要营养和水分，需要关心和呵护。矛盾往往来自两代人的代沟，这代沟有年龄上的差别，有生存环境的不同。成年人看世界，靠人生的积累，知利害、明得失，出门看阴晴，下棋看三步。有传统做基石，以不变应万变，坚守做人的底线，唯恐生出是非。青春期的孩子心气高、好冲动，感情用事，不知利害，缺少人生经验，自信而自负，对父母的大道理不屑一顾，当面讲"你说的道理我都懂……"，背后私语"老传统""过时的老腔老调"，他们的抱怨不被理解、不被尊重，一肚子委屈无处发泄。交流不当产生逆反心理，你说东我往西，两代人的情感容易陷入僵局，做父母的难免心急如焚。

其实青春期的躁动并不可怕，平心而论，在青春期的孩子身上，做父母的都会看到自己少年时期的影子，激昂，反叛，有朦胧的理想，固执的追求，不谙世事的行为。这是生命的循环，没有几个成年人为自己青春期的躁动而后悔。作为过来人，留下更多的是温馨的回忆，天真，烂漫，为赋新词强说愁，有坐井观天的局限，也有成年所不及的敏锐、抱负、追求。即便有些荒诞，之后也被岁月磨去了棱角，化成了记忆中可谈的笑谈，有谁没有经历过青春期的洗礼呢？

十几岁的孩子可塑性很强，近墨者黑，近朱者赤，尤其是青春期的孩子，更需要理解、尊重、更需要亲情。相信他们的能力，理解他们的心境，解答他们的疑惑，关注他们的身心健康，和他们做朋友，帮助他们度过敏感青春期。

家庭永远是他们生活的依托和成长的温室。

人间闲话

说梦

　　梦是人大脑的潜在意识在睡眠中的反映。睡眠的过程中人人都会做梦，梦伴人生本是平常事。日有所思，夜有所梦。梦境反映现实生活中的经历和愿望，做个好梦让人愉快，不过有时怕什么来什么，让人沮丧。梦境毕竟是虚幻的，若有若无，若虚若实，甚至荒诞不经。梦与睡眠如影随形，生活中便有了许多关于梦的词语、诗句和故事，如：人生如梦，梦萦魂绕，梦寐以求，梦想成真；做梦娶媳妇，"梦里依稀慈母泪，城头变幻大王旗"，"几回梦里回延安，双手搂定宝塔山"，"醉里挑灯看剑，梦回吹角连营"；等等。它们反映了人与梦的关系和人对梦境的寄托。

　　关于梦的故事，最长的要算唐人传奇小说《枕中记》了。说的是热衷功名的卢生，在邯郸一家客店里住宿，他借了仙人的瓷枕入睡，这一觉睡得不得了，在睡梦中卢生实现了娶名门女、中进士第、出将入相、子孙满堂的夙愿，一生春风得意，享尽了荣华福泽。美梦醒来，卢生发现自己仍在那个简陋的客店里，还是个孑然一身的穷书生，睡下时煮的黄粱米饭还没有熟。这便是"黄粱美梦"成语的来源。这个梦的故事把封建社会正统的仕途挪揄成昙花一现的梦境，显然是文人的附会，是借梦说事，其目的已经远离说梦本身了。

历史上拿梦说事的还有一个高手，那就是明代著名的剧作家汤显祖，他的代表作"临川四梦"名噪一时，流传至今，其中最为著名的《牡丹亭》久演不衰。《牡丹亭》中《游园惊梦》一折，更被各种剧种改编上演，一些戏曲表演艺术大师也愿意在这一保留剧目中展示自己精湛的艺术才能。《牡丹亭》说的是被封建礼教束缚的太守之女杜丽娘，思春心动，私自去游花园。不料春色恼人，这位从不越雷池一步的大家闺秀，被花园里姹紫嫣红的美景所熏染，竟做起与素不相识的书生柳梦梅幽会的春梦。被压抑的情感像江河的闸门，一旦被打开，便不可收拾。醒来后的杜丽娘，面对冷漠的现实生活，幽思难断，抑郁而死，被葬于花园内。无独有偶，书生柳梦梅赴京赶考路过此地，在花园里拾得杜丽娘的自画像，像是见到了梦中情人，害起相思病来。他突破阴阳界线，大胆和杜丽娘的阴魂相会，爱情的力量使杜丽娘起死回生，两人经历种种波折，有情人终成眷属。用现代人的观点看，这不过是个荒诞的故事。但汤老先生的原意不在说梦，而是着眼于对现实生活的反叛，这一反叛曾引发历代无数男女青年的热泪。

反封建礼教已经是陈年旧账。现代人的爱情用不着拐弯抹角地用梦来说事，"当面锣，对面鼓"，一句"我爱你"足以让石破天惊而海不枯石不烂。但千年的封建思想是不是就销声匿迹了呢?

人类有了梦境,便有了对梦的诠释。解梦、圆梦的学问也多了起来。梦的象征意义被诠释得有声有色,梦见云寓意什么,梦见雨寓意什么,梦见水寓意什么,梦见火寓意什么,解得头头是道,凶吉有序。寻常百姓,活得心里没底,偶尔心里犯点嘀咕,在所难免,但也别太较真,跟自己过不去。梦毕竟是梦,当不得真。有的官员落马前,"不问苍生问鬼神",每日烧香拜佛,遇事必先占卜,预测吉凶,甚至做个不寻常的梦,也要请高人指点破解。对人民群众不以为意,在"鬼神"面前倒循规蹈矩,因此最终没有逃脱因腐败而被查处的命运。要想不做噩梦,还是心净为好,人活得心安理得,才不会噩梦缠身。

当然,从积极的角度讲,人总得有点梦想,这样生活才有色彩,如果连美梦都不做,那生活不免乏味。梦想成名成家,梦想发财致富,梦想在某个领域里取得超出寻常的成就。梦想是希望,也是动力。中国在奥运会上取得的成就,没有梦想"零的突破",便没有今天奖牌大国的荣耀和体育大国的雄姿。中华民族的伟大复兴,是全体中国人和全世界华人的梦想,经过百余年的艰苦奋斗,我们正脚踏实地地向这一伟大目标迈进。

梦想成真,是努力奋斗的结果。

说
怕

怕是一种心理，是人对外部事物的一种反应，也是一种自我保护意识。社会生活中，人们渴望祥和太平，做事一帆风顺，万事如意，心想事成。即便不能大富大贵，也要诸事平安。但受环境和个人能力的制约，人们往往难以把握自己的命运，多有坎坷，容易产生不安情绪，一不小心，祸从天降。怕是难免的，怕利益受到损害，怕进取受到挫折。现代社会结构多元化，人们发展的机遇多，风险也大。从业人员怕下岗，生意人怕经济萧条，消费者怕买假货，善良人怕遇骗子；办事怕乱收费，有事怕没人负责；有病怕上医院，装修房子怕空气污染；出版物怕遇盗版，名牌怕被假冒；真情怕假意，美容怕毁容；家长怕孩子上网成瘾，孩子怕课余时间安排的学习太多。有些怕让人无可奈何：李逵怕李鬼，真假难分；杨白劳怕黄世仁，黑白颠倒。在社会纷争中，软的怕硬的，硬的怕横的，横的怕不要命的。现代人的怕还带有时代特征，人们怕烟、怕酒、怕吃肉，怕胖、怕闲、怕失眠。

百人百性，人的怕也有个性。人怕出名猪怕壮，人贤遭妒，有能力，有成就，难以逃脱外在的压力。富不露财，能不造势，低调做人，也是怕的副产品。做事打天下，前怕狼，后怕虎，不怕一万，就怕万一。事物总有负面效应，很难做到万无一失，过分谨慎小心，终将一事无成。至于人怕鬼，善怕恶，好人怕坏人，虽然有些违背常理，但人们生存环境复杂，不宜简单地用黑白来论是非。日常生活，饮食男女，怕更是多种多样，有人怕鼠，有人怕猫，有人怕水，有人怕高，有人怕热闹，有人怕沉寂。怕人的不见得怕鬼，怕酸的不见得怕辣。有人怕人前讲话，有人怕人后议人。有人怕硬，在威胁面前低头；有人怕软，在温情面前让步。有人在大节上怕事，有人在小节上较真。有人害怕真理，反躬自省。有人害怕是非，谨小慎微，历史上不乏在强暴面前贪生怕死的例子。有卑躬屈膝者，有卖国求荣者，有助纣为虐者，最终成为千古罪人。日常生活中，私心作怪，患得患失，怕受伤害，怕丢面子，怕失风度，怕失去既得利益，在真理面前瞻前顾后，畏首畏尾，这怕就让人感到遗憾了。至于搬弄是非，兴风作浪，唯恐天下不乱者，就另当别论了。

人在江湖，身不由己，个人命运与复杂的社会生活休戚相关。作为社会生活的个体，成败得失不仅与个人生计相关，事业心和责任感也成了人生的主要压力。"怕"字和社会责任联系在一起，就重若千斤了。许多情况下，怕未必是弱者，怕是分寸，是制约，是责任和义务。《史记》上讲的廉颇与蔺相如的故事，经过舞台剧《将相和》的演绎，更成了家喻户晓的佳话。这故事对"怕"字做了最好的注释。赵国大将廉颇因私心与蔺相如不和，几次当众羞辱蔺相如，而蔺相如屡次相让，避其锋芒。有人不平，蔺相如解释说，我怕廉颇将军，是因为秦国之所以不敢用兵冒犯赵国，就在于赵国有我和廉颇将军。如果我和廉颇将军失和，两虎相争，必有一伤，秦国就会乘虚而入，做臣子的必须先国家之急而后私人恩怨。可见，蔺相如的怕是从大局出发，是大义大节之举。

说到怕，自然想到不怕。天下英豪，仁人志士，为民族兴亡，为国家昌盛，无私无畏，英勇奋斗，不怕强暴，不怕牺牲，生当作人杰，死亦为鬼雄。当今许多事业有成的人，敢于开拓，勤于进取，敢为人先，敢走前人未走之路，敢做前人未做之事，也取得了前人没能取得的成就。处于转型时期的现代社会，经济高速发展，但人心浮躁，泥沙俱下，各种利益的纷争，各种诱惑的迭出，让人迷惘和应接不暇。多数人能做到喜形于外，沉稳于内，与时俱进，敢于实践，不为灯红酒绿所动，在建树自己的事业的同时，建树起现代人的健全人格。

但不怕是有前提的，天不怕，地不怕，不怕违背事物发展的规律，不怕逆历史的潮流而动，不怕冒天下之大不韪，一意孤行，未必是英雄。凭主观臆断，不尊重科学，人有多大胆，地有多大产，是愚昧。至于从私心出发，把枝节当主流，把诱惑当硕果，心安理得地伸手，不拿白不拿，胆子越来越壮，气魄越来越大，以权力为资本，以不怕为本事，最终害人害己。

人们生存在群体社会中，为了社会的公正和公平，为了社会环境的和谐，人们用法律、制度、纪律和道德观念来约束自己的行为。从某种定义上讲，人最怕的是自己，自己认定的是非观念对自己最有约束力。个人素质和修养的提高，才是树人和立业的保证。

说
烦

    人的情绪是极容易波动的。人生有追求，有企盼，喜怒哀乐无不受这些欲望的影响。顺利时春风得意马蹄疾，逆境时别有一番滋味在心头。生活秩序被打乱，美好的计划落空，想当然的事情出了意外，平地起风云，好事变坏事，让人措手不及，让人心烦、心悸、心灰意冷。看什么都不顺眼，听什么都不顺耳，干什么都没耐心，眉头紧皱，怨天尤人。这个时候有人上门来说事，准会讨个没趣。别理我，烦着呢！

    人活着，烦心的事儿还真不少。

    不同的生活条件、生存环境，烦心的事儿也不一样。寻常人家，普通百姓，为生计奔波，衣食住行，柴米油盐，琐琐碎碎，说起来没多大点事儿，烦起心来照样吃不好，睡不香，坐立不安，身心疲惫，叫苦连天。城市生活，人们像拉动的链条，你连着我，我连着你，认识的不认识的，总会因为利益相关的事儿搅在一起，擦出让人心烦的火花来。门前马路上挖沟，处处设障，行路艰难，好不容易盼到竣工，刚舒了一口气，回填的土还没踏实，那边又设上路障，另外一处地下工程又开挖了。本来道路偏僻，偏偏没了路灯，回家路上，一步三回头，总担心不知什么时候有个"鬼影"跟上来。人怕黑，"鬼"不怕黑，回家的路变得险象环生。

"夜鬼"好防，光天化日之下的"明鬼"常常让人措手不及。看病遇上医托，找婚介介绍姻缘遇上婚托。没事在街上闲逛，几个人设好圈套围上来，摆摆迷魂阵，不是换美元，就是卖珍宝，让你以为捡了个大便宜。当你捧着天上掉下来的"馅饼"，回家后才知道上了当。门铃骤响，不是收费的，就是推销的，真假难辨。开不好，不开也不好，好端端的日子，让人心烦意乱。至于对面违章建筑挡了自家的阳光，窗下的垃圾臭气熏天，买的新房墙体裂缝、水管漏水，自家遭殃，邻居跟着闹心。追究责任，物业让你找开发商，开发商让你找物业。守着新房不能安居，摊上这事儿要多心烦有多心烦。

出外奔波，烦心事就更多了。挤公交车上班，担心迟到偏遇上堵车，马路上车流如潮，车行如蜗牛，走走停停，停停走走，车上的人心急如焚，怨声载道。人急车不急，车急也白急，想加塞抢道，不定撞在谁的车上。起大早赶了个晚集，挨批评，扣奖金，有口难辩，一肚子火气没地方发泄，说不定哪根神经绷不住，找个茬儿吵一通。

出门打工，出一份力，赚一份钱，用来养家糊口，这本来是天经地义的事儿。可是要遇上黑心老板，扣押金，延工时，想方设法让你多干活，少给钱，甚至起早贪黑地干活，付出了辛苦，到头来拿不到报酬。磨破嘴，跑断腿，老板不是搪塞，就是躲避。好不容易找到老板，老板那一张黑脸更不耐烦："工程完工了不假，我还没拿到钱呢！你们管我要钱，我管谁要钱去！"看来还有比老板更黑的老板，烦死也没用。"明年在何处？杯酒慰艰辛。"烦归烦，工钱要讨，打工之路长着呢，决不能回头。

俗话讲人吃五谷杂粮，没有不得病的。何况现在的水污染、空气污染、农药污染等现代工业污染的威胁无处不在，再加上少数人利欲熏心，刻意制造污染源，让普通人的生活面临潜在的阴影。职能部门应牢记"百姓的利益无小事"，让普通人在日常生活中遇到麻烦能有所依靠，让普通人的生活过得安逸些、太平些。社会和谐的基础还是在普通人的日常生活中！

当然，日常生活中许多让人心烦的事情怕是难以避免的，也是别人无法代替的。年轻人谈恋爱，看上哪家姑娘，萌生爱慕之心，送鲜花，发短信，当面表白，多方殷勤，可惜落花有意，流水无情，投桃得不到报李，天不从人愿，眼看着一江春水东流去，独立岸边惆怅。春色喜人，春色也烦人。买彩票都有企盼，希望一箭中的，却偏偏与大奖无缘。股票投资，偏不遇行情。投资做生意，不见火爆。考试落榜，与大学擦肩而过。身患贵恙，承受痛苦。漏房偏遇连夜雨，人要倒霉了，喝口凉水都塞牙。面对命运的捉弄，不烦不恼毕竟不客观，改变命运还是要靠自己。烦过恼过之后，日子要过，路还是要往前走。磨炼自己的性情，健全自己的心态，虽成就不了百病不侵、百邪不犯的金刚身，却足以应对寻常日子的晦气了。

说赌

　　亲友在一起，利用闲暇，玩玩扑克，打打麻将，消遣时光，舒展身心，不失为一种娱乐。为了凑趣，加一点小注，较一点真儿，动动脑筋，争个高低，醉翁之意不在酒，图个热闹祥和。人活得挺累，偶尔放松放松，一点也不为过。

　　但凡事都得有个度，博弈场上有无限魅力，一旦入迷，沉湎其中，就会乐此不疲，渐渐上瘾。听见麻将声就心跳，不上牌桌就心烦，吃饭不香，睡觉不实，无精打采，走火入魔。上了牌桌就精神亢奋，两眼放光，神清气爽，摩拳擦掌，像是在沙盘上运筹帷幄的将军。这些人一般都技艺高超，手法娴熟，记忆惊人，反应机敏，扣着牌照吃照碰。

　　他们一般都从小打小闹开始，一旦上瘾，赌资会越来越大，参赌的次数也会越来越多。先是在圈子里打，然后再南征北战，四处拼杀，常常是通宵达旦，连续作战，赢起来颇有横扫千军的气势，真可谓运气来了挡都挡不住。但赌场上没有常胜将军，人外有人，天外有天，输时也会一泻千里，连老本都要赔进去。世上没有靠赌钱发家的，任你心气儿多高，任你计谋多深，不知不觉已经债台高筑，四面楚歌了。

家人劝不听，亲友劝不服。输赢本是赌场常事，有赢就有输，愿赌服输。能输就能赢回来，上瘾者自信，靠自己的技艺能扭转乾坤。此时娱乐之心早已荡然无存，眼睛盯着钱，心里想着钱，连做梦都想赢，梦里不仅捞回了赌本，而且还成了富翁。曙光在前，重整旗鼓，轻松上阵，一心要把输掉的钱捞回来，赌注越下越大，债台越筑越高。再看赌桌前的上瘾者，眼里充满血丝，喉咙焦渴沙哑，额头青筋突现，一副不收复失地、无颜见江东父老的霸王相。但天违人愿，赌场凶险，机关重重，玄机诡谲，结果手气不佳，越捞越输，越输越捞，恶性循环，越发不可收拾。任你三头六臂，也无力回天，难以自拔了。

上瘾者家徒四壁，众叛亲离，黯然神伤，把自己关在家里，决心不再摸赌牌、上赌桌，一日三省吾身，重新做人。但久积战疾，积习难改，闲下来也满脑子都是麻将牌。幺鸡、六万、九饼，吃、碰、和，上街买菜看见黄瓜想起"条"，夜里孤寂想起"饼"。更伤神的是触物生情，想起当初失利走麦城，哪张牌在哪一关键时刻造成遗憾，不免跺脚顿足，仰天长叹，又生出跃跃欲试之心。

一日朋友来访，见上瘾者精神萎靡，脸色灰暗，日见消瘦，像是得了重病，大为吃惊，攀谈起来，才知上瘾者"旧病复发"。上瘾者说："人生在世不就是一场赌博吗？人生大赌场，牌桌小赌局，男子汉不认输，认输不是男子汉。物极必反，我的运气还没到呢！抓不住时运永远没有出头之日。"朋友说："你白在赌场上走一回，不知道赌场上的玄机，那里边机关重重，到处都是陷阱，给你一点甜头，不过是钓鱼的诱饵。赌场上从来只见输家哭，不见赢家笑，真正的赢家是那些设赌的人。"上瘾者想想自己的经历，似有所悟。朋友说："其实赌博是一种人人有之的心态，是争强好胜之心在游戏中的体现。动脑筋，斗智谋，用于娱乐之中，不失为一种宣泄方式，不伤大雅。一旦用于利害之争，被有心之人利用，后果不堪设想。"

一日上瘾者入梦，又来到赌场，赌场上鏖战正酣，麻将牌噼啪作响，赏心悦目，叫和声震天动地，叫得人头脑发热，两腿发抖，脊背发凉，手心出汗，压抑在心里的欲望猛然上升，忍不住要坐下来一试锋芒。再看赌桌上个个怒目圆睁，青筋暴起，汗流浃背，剑拔弩张。上瘾者还没拿好主意，突然一股黑烟腾起，团团笼罩住赌桌和围赌的人，让人惊恐万状。上瘾者吓得一声惨叫，欲逃不能。慌乱中吓得醒了过来，心脏剧烈跳动不止。

上瘾者决心戒赌，于是去接老婆孩子。老婆不信他能戒赌，拒绝和他回家。上瘾者内心惭愧，拍着胸脯说："我发誓！"老婆说："你不用发誓，我要看你行动。"上瘾者说："好，那就打个赌，家里只剩下房子了，今后我再上赌桌，我把房子输给你，我净身出户。"老婆又气又笑，说："你病入膏肓了。"上瘾者自知失言，也明白了心病难治，戒赌之旅艰难！

说穿衣

在伊甸园里，当裸体的亚当和夏娃偷吃了禁果，有了羞耻感，开始用树叶遮掩自己的身体时，表明人类有了隐私意识。远古时期，人类开始用树叶和兽皮来遮掩自己，标志人类已经进入了文明社会。

穿衣服当然不仅是为了遮羞，还有保护身体、美化自己的功能。服饰艺术发展过程，始终体现着张扬人体美、反映人的思想情感和文化观念的特征。在中国的服饰史上，唐宋是比较开放的时期，服饰比较华丽。唐仕女的服饰不仅鲜艳飘逸，而且胸开得很低，显示出当时人们在人体观念上的习俗和风气。盛唐时期，疆土辽阔，政治、经济、文化发达，与邻国交往频繁，封建伦理道德观念也没有后来那么系统，那么高深，那么禁锢人，服饰上较自信和开放。清王朝的服饰是最有特色的。清是漫长的封建社会又一鼎盛时期，也是由盛到衰的转折点。清王朝是少数民族入主中原建立的政权，满族是一个比较开放的民族，但在推行服饰政策上却是比较保守的。为了巩固政权，在服饰上颇费心机。男人留辫子，百姓改"异"服，无肩无领的长袍，使男人伟岸的身材大大受挫。女性的服饰以宽、严为特点，把女性富有活力的体态封锁得严严密密，改良前的旗袍，肥大的下摆也以遮掩女性的曲线为目的，看上去有臃肿之嫌。爱新觉罗家族主政，在接受和推行封建体制上，处心积虑，宁肯矫枉过正，唯恐有所不及。清王朝在留辫子和改服饰上，固有它建立强权统治的外在目的，宋以后程朱理学的盛行，也是造成严谨的服饰风气的一个潜在因素。

服饰是代表社会身份的，男女有别，官民有别，军民有别。古今中外所有的军队都有统一的服装——军服。军队服装的一致是统一意志、统一纪律的体现。当然军队也有军阶的区别、敌友的区别，那标识是极其严格、极其规范的。官服和民服的区别是封建等级社会的产物。历代朝服都有严格的规定，几品官穿什么服装，戴什么绶带，其颜色，其图案，都极其规范。随着封建社会消亡，历史变革，社会进步，官服也消失了。

但服饰是政治的晴雨表，是十分敏感的。孙中山先生领导辛亥革命成功后，他喜欢穿的中山装成为一度流行的时装。建国初期，社会风气简朴，人们政治热情高涨，翻领中山装成为从中央到地方的"国服"。最能体现服饰是政治的晴雨表的是"文革"期间，军便服成为时尚，全国人民不分男女都穿着军服，街头巷尾一片草绿。爱漂亮而有心机的女孩子，把肥大的军便服加以修改，穿出去可身合体，颇有风采，在全国上下一片灰一片蓝的时代，倒也引人注目。

改革开放以来，打开国门，在政治、经济、文化方面同外界进行了广泛联系和交往，中国人的穿衣也发生了明显的变化，无论是样式还是颜色都出现了百花齐放的局面。在世界各国流行的西装，也成为中国人的时尚。牛仔服、T恤衫、各式休闲服装也颇为流行。人们不再追求一统，服饰的个性化成为时尚。人们根据自己的身材、职业、气质挑选适合自己的服装，在穿衣上追时尚已不再是奢侈。当代科学技术的发展，特别是传播媒介的发达大大缩短了各族人民之间的距离，使人类在服饰上趋向于大同，特别是男式服装，更容易趋向于统一。有的民族服装成为文化遗产，只有在特定的场合下，穿出来做礼仪服饰。

女人在服饰上更注重个性，她们对时尚的追求和对传统服饰的钟爱都是惊人的。生活在大都市的女性喜欢追求时尚，现代信息媒体——电视助长了这种追求。西半球早上推出的时装样式，在东半球傍晚就可以流行起来。这种流行同时带来的是文化观念和生活方式的流行，是当今世界经济文化广泛交流的结果。女人在服饰上追求个性，不仅表现在追求时尚上，在服饰新潮的大趋势下，她们也敢于反流行，穿出传统服饰。这种钟爱传统服装不仅在边远地区，在经济文化中心的大都市，也不乏其人，当然她们推崇传统服装也有标新立异、张扬个性的目的，穿出来也是精心改制，浸入现代审美情趣的"新"款式。

衣服穿在身上，体现一个人的精神风貌，反映出人的年龄、职业、性格、爱好。穿得得当，三分身材，七分打扮，事半功倍。穿得不得当，好衣服不一定有好效果。穿衣服有讲究，男要俏一身皂，女要俏一身素，老要艳丽少要稳，胖穿竖条，瘦着横纹，高穿大衣，矮着长裤，这里有一般规律，也有逆反效果，各有各的道理。因人而宜，有的喜欢庄重，有的喜欢飘逸。衣服不一定穿最好的，样式颜色得体一样出众；不一定穿最流行的，流行的也容易成为过时的，能体现你个性气质的永远属于你自己。穿衣服讲究起来很烦琐，不同场合要穿不同的服装，这不是每一个人都能做到的。有心人在不同场合下，随便改变一下自己衣服的颜色，或者在脖子上加一条精致的小围巾，或者戴一件新颖而廉价的首饰，或刻意做一个新发型，都能展示自己的风采。

穿衣服是生活中一个重要的内容，服饰文化无处不在，养成好的习惯更会使你光彩照人。

说时尚

时尚是指一时的社会风尚，服饰、发型、家居、娱乐、饮食起居、社交往来都含有时尚。时尚引导着众人的生活方式、思维模式、审美趋势。时尚含有时兴、时髦、前卫的功能，时尚调动着人们求新、求异、求变的欲望。同时时尚又能满足人们的从众心理，容易得到认同而形成潮流。

流行装、流行色、流行发型、流行歌曲、流行家具、流行菜肴、流行笑话，都闪现着时尚文化的斑斓。一种新潮服饰在某地发布，借着现代传媒的方便，晚上就会在全国甚至世界各地开花，引发新的时尚潮流。于是大家纷纷仿效，或长裙飞舞，或短袖玉臂，街头巷尾，姹紫嫣红。一首歌曲唱红，也会立刻传遍大江南北，男女老少都会哼上几句，以此为乐，有时甚至会影响一个时期的音乐风格的走向。

时尚是社会进步、经济发展的产物。如今，随着人们生活水平的提高，收藏成了一种时尚，玉器、瓷器、书画、钱币、古典家具、老式汽车，继而钟表、邮票、粮票、布票都纷纷入囊，收藏队伍日益壮大，藏品价格节节攀升。婚礼的时尚影响更为深远，宴席越摆越多，轿车越坐越高档，近些年兴起的婚纱照，更是作为时尚进入了千万新婚家庭。新婚夫妇拍个婚纱照，留下永恒的纪念，那意义非同一般，非同小可。就连中年夫妻、老年夫妻也不甘落后于时尚，先生一身礼服，女士一身婚纱，浓妆淡抹，照一张标准的婚纱照，挂在床头，追忆失去的青春，找回当年恋爱时期的影子，可见入情入理的时尚何等深入人心。养宠物也是一种时尚，养狗、养鱼、养鸟、养兔子、养松鼠成了许多人的爱好，出门带宠物，见面谈宠物，宠物市场、宠物商店、宠物医院应运而生。休闲的时间多了，旅游便成了时尚；全家携手游、朋友结伴游、单位团体游，人文景观游、自然风光游、红色之旅游，国内游、国外游……每当放长假，汽车、火车、飞机等交通工具就会爆满，旅游景点人山人海，难以驻足，旅游经济成为一大亮点。改革开放以来，中外文化交流频繁，过洋节又成为时尚，圣诞节、愚人节、情人节盛行，不分宗教信仰，不计文化背景，逢节就过，图个热闹和喜庆，加上商家推波助澜，狂欢夜开派对，平安夜吃大餐，圣诞节买礼品，情人节送玫瑰，愚人节开玩笑，过洋节的劲头越来越足。这也是时下人们追求时尚的一种心态。

时尚既然是一种时兴的风尚，就会因为时空的变化而演变，由时尚变成过时。当今社会信息瞬间万变，观念不断更新，时尚也会不断被推出，不断被淘汰。红颜易老，最流行的东西也最容易变成明日黄花。就拿最能代表时尚的服饰而言，今年流行红色，明年很可能就流行黄色。绿军装、喇叭裤、T恤衫，随着社会时尚的变化，各领风骚两三年，有的更短。大衣一时兴长的，一时兴短的，长可遮腿，短可露膝。长了短，短了长，流行什么，什么就好看，这就是时尚的魔力。

时尚是求新，时尚又难免媚俗。追求时尚、享受生活固然可贵，但时尚又是不可捉摸的彩云，变化莫测。把握时尚变化的规律，以不变应万变。读自己喜欢读的书，穿适合自己身材和气质的服饰，留展示个性的发型，坚持行之有效的锻炼方法，做自己愿意做的事，不被千变万化的时尚所左右，何尝不是我们这个张扬个性的时代的一种时尚。

时尚是即开即落的花，留住时满室飘香，失去时一片碧绿。时尚是都市生活的方向标，春去秋来，变化万千，有无尽的色彩。时尚是对文明的积累，时尚在不断的轮回更迭中，有的被淘汰，有的被更新，富有生命力的东西留了下来，成为厚重的传统和经典。

说寂寞

　　寂寞是一种心情，孤独、落寞、失意，犹如与生活隔绝，没人对话、无法交流、无依无靠、没着没落、坐卧不宁、寝食不安，无处宣泄情感，无法专心做事，对明月生悲，见落花伤情。寂寞像一张无形的网，笼罩身心，压抑情绪，让人叹惜。人生难耐的是寂寞。

　　寂寞有多种。大漠孤旅，徒步跋涉，前无边际，后无来者，或风沙弥漫，或阳光灼人。生死困境，孤独而生寂寞。少年怀春，难遇知己，一腔浓情蜜意无以寄托，"碧云天，黄花地"，"良辰美景奈何天"。形影相吊，春色恼人，多情而生寂寞。从事业巅峰跌落，鲜花掌声他移，笑意顿失，冷脸相迎，人生失落，世态炎凉，孤愤而生寂寞。一腔热血，历尽磨难，虽事有所成，却得不到承认，到处游说，推销其思想、其观念、其艺术、其发明、其专利，大声疾呼，跺脚顿足，世人却冷眼相看，满腹狐疑，有眼不识荆山玉，叹惜生不逢时。天下无知己，悲哀而生寂寞。其实古来圣贤多寂寞，满腹经纶，壮怀激烈，有齐家治国平天下之志，有锐意改革进取之勇，大仁大智，但曲高和寡，无人喝彩，更无人摇旗呐喊，追随其后。许多伟人、大师、成绩卓著者，常常生前孤独，身后才为人认识、推崇，这是人生大寂寞。

寂寞不仅来自外在因素，如果内心"一片沙漠"，或孤芳自赏，居高临下，或抱残守缺，拒人千里，即使身居闹市，置身于人海，灯红酒绿，爆竹连天，到处是欢声笑语，自己也会感到寂寞。相识不相知，朝夕相处，无言以对，形同路人，那是一份厮守着的寂寞；相知不相逢，阴差阳错，棒打鸳鸯，天各一方，相思相念，相聚无缘，那是一份期待中的寂寞；遭误会，受排挤，蒙受不白之冤而无处诉说，苍天可鉴，而苍天无眼，那是难解的寂寞。

寂寞难免，对待寂寞的态度也非一样。佛家无我，把寂寞看作极乐，"菩提本无树，明镜亦非台。本来无一物，何处惹尘埃"；老庄无为，把寂寞看作最佳境界，"鸡犬之声相闻，民至老死不相往来"；儒学是不甘寂寞的，积极出世，不惜文死谏、武死战，渴望着一番轰轰烈烈的事业，以酬人生。现代社会，竞争激烈，求生存，图发展，成败得失，跌宕起伏。人难耐寂寞，也频频遭遇寂寞。人生多寂寞，这是无可回避的事情。

面对寂寞，长叹无力，消沉无益，既来之则安之，没有了鲜花和美酒，没有了热闹的往来应酬，意味着有了充分的时间去寻求新的起点，创造新的热点。人生机遇很多，耐得一时的寂寞，可以换得峰回路转、柳暗花明。

爱情失意，满园凋零，大有落花流水春去之势。人间最难是真情，失去的固然可贵，但失去的未必最好，天涯何处无芳草，相逢相知有机缘。雨过天晴，柳暗花明，另有一番美景在前头，那心境自会开朗。事业上的挫折让人心灰意冷，但事业上的成功常以失败为铺垫，以寂寞相伴随，寂寞是不断更迭的过程，以寂寞换取成功，以寂寞换取轰轰烈烈，大成功需要大寂寞，耐不住寂寞，图一时热闹，患一时的得失，可能得不偿失。台上一分钟，台下十年功，十年磨一剑，百炼方成钢，没有寂寞则没有成功，寂寞是金。

　　一个人有了丰富的内心世界，阅深历广，处变不惊，化寂寞为充实，顺应环境造时势，自然不怕寂寞，也无所谓寂寞。人生晚年，告别了工作岗位，退出了锣鼓喧天的大舞台，没有了轰轰烈烈的日子，闲适在家，颐养天年。人生的规律不可抗拒，闲生寂寞，人之常理。晚年怕寂寞是情，不觉寂寞是福，豁达大度，积极进取，能使生命之树常青。有条件发挥余热固然是上策，随遇而安，安度晚年，更需要有不甘寂寞的精神，养花养鱼，学画练字，陶冶情操；打太极拳，练气功，扭秧歌，健身强体；学电脑，学上网，赶个时尚，也不失为对寂寞的一个挑战。乐观向上，直面人生，夕阳无限好，人活得精神，便不感寂寞。

　　寂寞这玩意儿，不分老少，不分富贵贫贱，无孔不入地找上门来。不怕寂寞是哲人，敢于寂寞是强者。寻常百姓，饮食男女，面对寂寞，想个法子乐起来，活得质量高些，来打发平常日子，千万别跟自己过不去。

说是非

生活中有矛盾，有冲突，难免有是非。无论是社会大环境，还是家庭小环境，大家聚在一起，对人对事，都会有自己的见解。仁者见仁，智者见智，难得统一。做人做事，也会有利害关系，荣辱进退，成败得失，涉及个人利益，很难平衡。日常生活中，大家挤在一条跑道上，有意无意中，你碰了我，我伤了你，人活一口气，佛争一炷香，谁也不比谁矮一截，总得争个高低，讨个说法，论个是非。

是非有多种。

社会生活中有大是大非，国家命运、民族前途、社会公理、做人的尊严和权利，需要讲大节、讲公德、讲奉献，来维护社会公义。做人做事要多一份厚重，多一份艰辛，以求社会生活的和谐。

现代社会尊重个人的人生价值，保护个人的合法权益和合理利益，提倡平等竞争，锐意进取，遇事当仁不让，辨是非，争高低，推动社会进步。这种新的价值观念，也推动了是非观念的变化。人们对一些新事物、新现象有了更多的理解和宽容，不再轻意用黑白对错来诠释，去简单地评价是非。时代变迁，生活像个瞬间就变的万花筒，赤橙黄绿青蓝紫，让人眼花缭乱。人们唯恐落伍，更愿意在实践中期待着社会的和谐与天下的太平。

社会的文明与宽容，并不等于没有是非。生活毕竟现实而琐碎，人们求生活、图发展，在利益冲突中，有人习惯于把自己的利益当成"是"，把别人的利益当成"非"，把索取当"是"，把付出当"非"，在人际交往中，难免出现不和谐的音符。张家的大哥，李家的大姐，平常过日子，计较也好，不计较也好，是是非非，躲也躲不过。你得了，我失了，利益不能均等，机遇不能同享，心理不平衡，诸事不顺心，是是非非接踵而来。亲人、同事、邻居，都成了是非的对象。积怨多了，干柴遇烈火，烧得天下不太平。人都有尊严，七尺男儿，血气方刚，意气用事，与人交恶，一言不和，拔刀相向。本是小是小非，酿成天灾人祸，是非本身已无足轻重，所吞吃的苦果难以落下，方知退一步海阔天空的道理，为时已晚。人与人之间的性格、禀性、价值观念差别很大，对于同一事物会有不同的看法、不同的结论，有分歧在所难免，或就事议人，或就人议事，所谓谁人人前不议人，谁人人后无人议。言多有失，语多伤人，如果再遇上热衷搬弄是非的人，非但不会息事宁人，反倒火上加油，无事生非。小事变大，是非像滚雪球似的，越滚越大。芝麻变西瓜，是也不是，非也不非。有人回避是非，力求清静，不辨青红皂白，不闻声色犬马，甚至以牺牲个人的正当利益为条件，换取宁静太平。但投桃未必换来报李，遇事难得两相情愿。人在是非中，难逃是非事，沉陷其中，平衡难求，苦不堪言。人间万象，芸芸众生，各有长短，各有苦衷，富贵贫贱，都有难心事，谁也不愿意受委屈。待人待事，多理解，少苛求，多体谅，少埋怨。所谓大事明白些，小事糊涂些；所谓严于律己，宽以待人；所谓大肚能容天下之事，无非是为了营造一个宽松的和谐的生存环境。人生苦短，要做的事情很多，人们渴望有一个和平宁静的环境，有更多的时间、精力去发展自己，成就事业，繁荣社会。这些大道理，说起来容易做起来难，人在社会中，互相影响，互相制约，一个巴掌拍不响，天平平常会向一边倾斜，做起事来身不由己，要想超凡脱俗，绝非易事。

社会公道、弱势群体的利益，不争难以得到保障，少数人的私欲，蔓延开来害人害己。虽然国有国法，行有行规，人类长期共存，有着约定俗成的道德观念，但生活中更多的是非曲直和利益情感诸多因素交织在一起，变得复杂而难以裁决。有口难辩，有理说不清，你说你的公道，他说他的公道。人们在是非中保护自己不受伤害，除了靠法律和公德外，更多的是靠自己对是非的态度，不要被是非左右自己。

写到这里，让我想起好人丛飞的故事。青年歌手丛飞节衣缩食，十年来用自己唱歌赚来的钱帮助178名贫困山区的孩子完成了学业，同时还资助了不少在人生道路上遇到困难的人。因有求必应，为此欠下一大笔债务，到了因患绝症住进医院时，自己看病的钱都拿不出来。这件事震撼了所有的善良的人们，人们给予了他更多的关爱。但在这十年中，他也经历了许多是非。有人利用他的好心，骗取他的钱财，有人恶意攻击他沽名钓誉，炒作自己。甚至有些受益者，在他面临困境时，还表现出意外的冷漠。这让丛飞很伤心，但却从没有动摇过他的爱心。一个灵魂高尚的人，是不会被一些是非打倒的。

说吉祥

　　现代社会竞争激烈，机遇多，风险也大，心理压力沉重，人们活得累，处处谨慎小心，怕遇风浪，怕有闪失。人们希望设计自己的前途，把握自己的命运，希冀着心想事成，一帆风顺，万事如意，诸事有个好开头，前途似锦，马到成功。人们希冀着与成功相伴，有鸿运相随，吉星高照，洪福齐天；希冀着前途无限，平安是福。但世事艰辛，做人做事要付出很多的艰辛，成功和失败却难以测定，付出与收获难以成正比，有时还会遭受挫折。

　　人们在奋斗之余，冥冥之中想到命运的捉弄，有时会把希望寄托在运气上，求平安，求吉祥，求紫气东来，求阳光普照。生意人供财神，盼望财源广进，淘金的、挖矿的、大兴土木的，都要求吉利，辟邪恶，图个平平安安。有的遇事去占卜，预测吉凶，力求趋利避害。更多的人在日常生活中图彩头，讨吉祥，求个心安理得。出门顺风顺水，做事天随人愿。

　　吉祥成了人们的美好愿望，象征美好愿望的吉祥数字、吉祥语甚至吉祥物应运而生，广为流传。8为"发"，6为"顺"，9更是含有九重、九州、九鼎的高贵意义。或取其谐音，或求其含义，求个吉利。有吉祥数字的车牌号、电话号成了人们追逐的对象，千方百计地占为己有，得之欢欣雀跃，失之遗憾万分。

日常生活中吉祥的寓意也无处不在。逢年过节，穿红戴绿，放鞭炮，挂红灯，图的就是热闹吉祥。一年之始，贴春联多"抬头见喜""恭喜发财"，把福字倒贴，寓意"福到了"。餐桌上更是寓意深远，有鱼是"年年有余"，有鸡是"吉星高照"，还有"步步登高""全家福"之类的吉祥菜肴。鱿鱼是不能上桌的，炒鱿鱼虽然是现代用语，灵不灵倒不说，犯忌毕竟是件闹心事，大过年的何必跟自己过不去。吉祥物也好，吉祥用语也好，吉祥数字也好，反映的是人们的美好愿望。在中国人的世俗生活中，人们把福、禄、寿当成追求的目标。

用事物的谐音来反映人们心里的祝愿，最为突出的是表现在建筑和服饰的寄托上。在传统建筑中，许多艺术性极强的装饰物，用形声和形意来表达美好的愿望。木雕也好，石雕也好，砖雕也好，浮雕也好，造型精美，灵动传神，其用意是传达善意，营造吉祥的气氛。在传统建筑的装饰物上，常见的是用莲花和鱼来表现"连年有余"，用桃和松鹤来表现"长寿"，用蝙蝠来表现"福"，用梅花鹿来表现"禄"；还有牡丹表示富贵，梅花表示高洁，松柏表示常青；用瓶状的装饰物件表示平安，用猴子骑马表示马上封侯。

在传统的民间年画中，白胡子的老寿星、跳龙门的鲤鱼、送子的麒麟、镇宅的钟馗、进宝的财神，都是常见的吉祥的象征，为人们所喜爱。民间如此，皇家也不例外，深宫里到处摆设的如意、蟠桃，各种陈设和装饰虽高雅华贵，都离不开福、禄、寿的寓意，就连皇上穿的龙袍上除了威严的团龙外，也绣有福、禄、寿的图案。

当然，有图腾就有禁忌，与吉祥相反的是那些禁忌的事物，听上去虽然有画地为牢的感觉，但毕竟是和吉祥相对应的事物，反映的是人们求生存和图发展的心态，因为不是本文所要表述的，就不在这里一一列举了。

现实生活中，人们喜爱吉祥物也好，寻求吉祥数也好，使用吉祥用语互相问候也好，心存美好的愿望，渴求幸福的生活，也是人之常情，本无可非议。何况人们心存善良，追求美好，愉悦于心，润物于体，把美好的愿望与人与己共同分享，营造出欢乐喜庆的氛围，也是一种生存方式。只是现实生活复杂多变，决定事业的成败、命运的好坏，有着多种因素。理想与自信、个人的艰苦奋斗固然重要，客观条件、阴差阳错的机遇和障碍，都是决定人生命运的因素。我们每一个人都喜欢吉星高照，希望事物按着我们期望的方向发展，摘取我们期待的果实。生活往往瞬息万变，事与愿违。有奋斗就会有挫折，成功往往伴随着挫折。过分依赖于美好的愿望，容易在挫折面前失望。命运掌握在自己手中，一分耕耘，一分收获，能改变命运的是自己。当然我们也衷心希望，幸运的光环能照到每一个人身上，万事如意，心想事成，在吉祥的祝福声中，走向人生的辉煌。

说怀旧

怀旧是一种情绪，是对过去生活的怀念，是对精神家园的寻觅，是心灵角落里的慰藉。老建筑、老街道、老器物、老字画、老邮票、老照片、老电影、老故事、老歌曲、老字号、老品牌、老朋友、老传统、老观念，还有逝去的年华、消失的岁月、久违的故土乡情、吃过的美食、见过的风物，都在怀旧之列。老的事物印记着历史的年轮，散发着久远的文化信息，记录着已失的岁月，包容着经历者的心血和激情。

怀旧的方式很多，有人收集古董，有人写回忆文章，有人凭吊古迹，有人穿唐装，有人欣赏古典音乐，有人迷恋玩票儿，有人喜欢卓别林，有人怀念梅兰芳，有人开口闭口"想当初"，有人不远万里寻根问祖，有人喜欢家具古香古色，有人沉湎寺院香火。有人坚守传统，"饿死"不食"周粟"，有人时不时地吃一顿粗粮寻找旧时的感觉。有人怀念初恋情人，有人寻找昔日朋友。当然也有宏观的怀旧，知青怀念战天斗地的青春岁月，老战士怀念战火纷飞的年代。学生怀念师长，子女怀念父母。怀旧是对生活的依恋，是对逝去岁月的追寻。

　　人到老年好怀旧，太多的经历、太多的积累、太多的记忆、太多的成败得失，都会萦绕心头。旧时的生活、久远的故事、坎坷的经历，是喜是悲，都会铭刻在心，历历在目。"我们那时候啊……"说起故乡，山是最美的山，水是最美的水，人是最亲的人。一草一木，魂牵梦萦。陈年的往事，是得是失，是艰是险，经过沧桑岁月过滤，留下来的多是温馨和缠绵。距离产生美，经历是财富，怀旧是老年人的精神慰藉。怀旧是比较，从衣着到饮食，从社会风气到人际关系，看得多了，便产生无限感慨，"昔不如今"交织着"今不如昔"，有欣慰，也有不平。怀旧产生缺憾，时过境迁，此一时，彼一时，无论是环境还是心境，都发生了很大的变化。面对餐桌上越来越丰富的饮食，面对屏幕上越来越多的娱乐节目，难入佳境。正如鲁迅先生在《社戏》里感叹的："一直到现在，我实在再没有吃到那夜似的好豆，——也不再看到那夜似的好戏了。"

　　怀旧不仅仅是上了年纪的人的专利。在科技飞速发展、观念不断更新的现代生活中，经济上的全球一体化，文化上的交流与融合，形成了太多相同相似的东西。林立的摩天大楼，千城一面的建筑群落，越来越洋化了的商品名称，越来越快的生活节奏，越来越大的生存压力，使人们在物质生活得到某种满足后，喘息之间，派生出更多的失落和窘迫，于是想起了久违的宁静和平和。那些蕴藏着旧时风韵、凸显别样风格的老房子、老街巷，古城、古镇、古村落，小桥流水篷船、青堂瓦舍人家，让被水泥墙封闭久了的现代人"豁然开朗",犹如寻到了一个既熟悉又陌生的别样天地。

怀旧是对历史的认同。历史从来不会被割裂,历史是人类生命的载体,人们从历史遗存中寻找往日生命的鲜活,吸取营养,促进其代谢。怀旧不是对新事物的悖逆,富有生命力的新事物,需要在实践中发展和成熟。历史上的任何变革,无论多么激烈,破坏的往往都是那些与历史背道而驰的人或事,沧海桑田,留下来的总是不变的人间正道。怀旧是对现代文明的补充,现代文明是前行中好的思想、好的观念、好的制度的结晶,需要不断地更新。怀旧会为现代文明提供思考,会为现代文明提供多元的结构。人类悠久的文明史是现代文明的基础,没有怀旧,则没有更新。

当然,怀旧不是沉湎,不是食古不化,不是今不如昔。怀旧是人类于不断反省、不断思索之中流露出来的亲情。把自己关起来,怀念一些往事,抒发一些旧日情怀,让日子过得更滋润些,让人生空间变得更开阔些。

说成败

　　成功是人生的佳境，志在必得，春风得意，如日中天。成功是硕果，也是动力，催人奋进，攀登新的高峰。失败是人生逆境，失落沮丧，精神萎靡，容易让人一蹶不振。

　　成功是一个时期的硕果，意味着新的压力，新的付出，新的风险；失败是逆境，让人反思，让人清醒，总结教训，重新认识自己，开拓新的领域。不以一时的成败论英雄，人生也不会以一时的得失定乾坤。

　　一年一度的高考落下了帷幕，硝烟过后，尘埃落定，这场人生拼搏的结果浮出水面，能否上大学已初见分晓，此时几家欢乐几家愁，这是严峻的现实。在经济发展、科技进步的今天，高素质人才成为重要资源，人才竞争也越来越激烈。考上大学，拿到专科、本科文凭，再进一步拿到硕士、博士学位，成为某一领域的精英，是人生的一个重要阶梯，犹如鲤鱼跃过了龙门，走上平稳发展的道路，这也是不争的事实。面对这样的现实，考大学、拿文凭犹如人生战场，系之毫发，重如千斤，是一场大搏击。社会和家庭都为学子们创造了各种条件，铺路架桥，以期学子们登上大学殿堂。

高考中第，是人生的一个成功，可喜可贺。但因种种原因，并非所有的考生都能如愿以偿。落榜的因素很多，主观原因、客观原因都有，但被拒于大学门外是一个必须面对的现实。不灰心，不气馁，来年再杀入考场，有志者事竟成，不乏其人。人有所短，也必有所长，人生道路千条万条，上大学并非是通往人生之路的唯一途径。现代社会结构庞杂，分工细致，所需人才也各种各样，成功的机遇也多而广，只要有决心，有毅力，总能找到适合自己发展的位置，发展自己的长处，是金子总会发光，是人才总能有所作为。上大学并非都能学以致用，上大学成了一个门槛，人生各个阶段都有成功的机会，从某种意义上讲，在个人事业成功上，上大学与不上大学都回归到一条人生起跑线上，只是条件有差异，不上大学并不能成为一个人成功的屏障。古今中外没有文凭而成功者不计其数。只要有理想，有抱负，有所作为，取自己所长，避自己所短，同样能够事半功倍，取得个人的成功。

人才是多样的，管理人才、科技人才、经营人才、文艺体育人才，有的是学校培养，有的是在实践中脱颖而出。是否成为人才，实践是检验能力的标准，成才的机会更多在实践中。有人长于逻辑思考，有人善于形象思维，有人性格外向、社会交往能力强，有人性格内向、沉于潜心做事，都能发挥自己的特长。寻找适合自己的位置，用一技之长、一己之力服务于社会，会把失败变为成功，同样能做出超出常人的贡献。

人生成功的标准也不尽相同，有社会公认的财富、社会地位、名誉、某些让人羡慕的职业，也有个人的感悟，能做个人喜欢的事情，充分发挥自己的才能，并能取得骄人的成就，能以自己之长，奉献社会，这种奉献也许轰轰烈烈，有鲜花，有掌声，有赞许，也许默默无闻。就个人来讲，放下浮华和热闹，走自己的路，一定会有收获。每个人都有自己的成功标准，尽力了便心安理得。

成功与失败常常交替出现，人生充满变数，优势和劣势变幻不定，今天的优势可能潜伏着明天的危机，今天的劣势可能孕育着明天的晴空。在人生的道路上，没有一成不变的成功，也没有一成不变的失败，所谓因祸得福，因小失大。所以一定要看清长远的目标，脚踏实地地前行，不因一时的成败得失乱了手脚。考上大学是成功，但不是一劳永逸，同样存在着各种考验。高考落榜也并非没有前途，人各有志，路有曲有直，外部环境的顺与逆是条件，顺是鼓励，逆是动力，越是逆境越需要毅力、人格力量和进取精神。现代社会是人才竞争的社会，更需要个人的进取精神，只要选定人生大目标，就不会被一时的挫折吓倒。

天生我材必有用，人生道路会越走越宽。

婆媳怨

假如问一个男人，这个世界上你最爱的女人是谁，很多男人会回答，最爱的是两个女人，一个是母亲，一个是妻子。如果再问，假使母亲与妻子同时掉进水里，你会先救谁，这问题会难倒所有的男人。

实际上这是一个无法回答的悖论，问者在思想上无意间把婆媳双方摆到了对立面。这个无法回答的问题潜意识地反映了生活中存在的婆媳恩怨和做男人的尴尬。

天下做母亲的，疼爱儿子是无以复加的，从儿子呱呱坠地起，从身高到体重、从饮食到教育、从头疼脑热到娶妻生子，无不关心备至，生怕儿子受委屈，有闪失，真是放在手里怕打了，含在口里怕化了，儿子成了母亲生命中的期望。直到家里突然来了另一个女人（其实也是母亲的企盼），原有的家庭秩序被打乱了，原有的生活习惯被打乱了，原有的人员组合发生了变化。儿子的眼神、笑脸、关注点转移了，母亲的地位发生了微妙的变化。昨天还在自己的膝下，以为离了自己就无法生存的儿子，成了人之夫，成了独当一面的大丈夫。做母亲的喜怒交加，难免有一种失落。

初为人妻的媳妇，新家庭、新生活、新起点，一切重新开始。怎样接待朋友，摆什么家具，养什么宠物，怎样教育孩子，怎样管理丈夫，怎样支配家庭开支，妻子早已胸有成竹，只等把憧憬变成现实。爱情是专一的，丈夫是私有的，夫妻和睦，白头偕老，需要丈夫从感情到时间、从观念到金钱，都全心全意地投入到小家庭中来。

两个女人钟爱一个男人，是根本利益所在，而这也本应是婆媳之间和睦相处的纽带。但事与愿违，不同的家庭背景、价值观念、生活习惯、利益取向，加上两代人的代沟、局外人的干扰，难免有些是是非非，加上女人特有的思维方式，于是婆媳之间不可避免地要发生矛盾。爱能生怨，最亲近的人往往成了最较真儿的，成了最不易相处的，婆媳怨便成了许多家庭最头疼的病症。世人便感叹，婆媳间成了不易解的"天敌"。

客观地讲，当今的婆婆们很少像《孔雀东南飞》里的焦母那样跋扈，无端地逼儿子休妻（但生活中也不乏个案），"此妇无礼节，举动自专由。吾意久怀忿，汝岂得自由！"因为，经济独立的小家庭结构保证了婆媳间人格上的平等。做婆婆的爱子心切，爱屋及乌，但抱怨还是有的。婆婆看不惯儿媳过日子的方式，"一点也不像我当年那样勤俭"。儿媳不会操持家务，不会带孩子，不会待人接物，以前在自己跟前饭来张口、衣来伸手，家里活"横草不过"的儿子，在媳妇面前像钟点工似的汗流浃背地劳作。由心疼而积怨，这罪名自然要加在儿媳身上。本想留儿子在跟前说几句贴心话，可儿子板凳还没坐热就要抬屁股走人，当妈的抱怨几句，儿子就双眉紧蹙，一副不耐烦的样子，于是儿子在母亲面前便成了娶了媳妇忘了娘的"大公鸡"。

做妻子的看到丈夫婚前的毛病不改，时不时地流露出对母亲的眷恋，这也想着母亲，那也惦着亲娘，有损于小家庭的利益，难免嫉妒，怨气自然撒到了婆婆身上。"你跟你妈过去好了，干吗还娶媳妇。"

现在的年轻人，多数养成了从小依赖父母的习惯，对方父母给予的关照从不以为意。横比较，竖比较，稍不满意，就觉得吃了多大亏似的。如果丈夫有异议，自然是婆婆的"教唆"，更是火上浇油。

这种恩怨影响了婆媳之间的正常交流，这种脆弱的婆媳关系使夹在两个女人之间的男人左右为难，久积成疾，难免失去平衡。其实家务事本来就是一笔糊涂账，是理不清也不必理清的。理解、宽容、爱护和尊重，才是打开这把锁的钥匙。天底下好婆婆、好媳妇也不乏其人，细想想，无非是一份真诚的爱心和为此付出辛劳。婆婆都从媳妇做起，多年的媳妇熬成婆，换位想一想，怨气也许就会少一些，何况还有一个共同爱着的男人呢。

隔代亲

隔代亲是一种常见的生活现象。在家里，在街头，在公园，在游乐场，常见老人和孩子为伴，或散步，或嬉戏，或独坐一处，老人说东道西，孩子问这问那。幼儿园和学校门前，更是老年人经常扎堆的地方。虽然散园和放学的时间还早着呢，可这里早就聚集了一些爷爷奶奶、姥姥姥爷，他们翘首张望，唯恐漏掉心肝宝贝的身影。人在青壮年时期，忙忙碌碌，为学业、为事业、为家庭东奔西走，早出晚归，忙得不亦乐乎，常常疏于对孩子的照料。岁月如梭，身边的孩子不知不觉长大成人，而自己也已步入中老年。本应喘口气，颐养天年，可是成家立业的孩子又有了孩子，如同自己当年一样，他们同样忙得团团转，为学业、为事业承担着更大的压力。想想自己当年的辛苦，为子女计，许多老人又承担起照顾第三代的责任，以往的经验也派上了用场。

隔代亲包含着一份特殊的亲情，年轻时忙得无暇和子女交流，如今闲下来需要交流时，却发现长大成人的子女已经自立，有了自己的事业和家庭，有了自己的生活天地。时光飞逝，时代巨变，两代人的价值观间有了深深的沟壑，思想和情感的交流变得困难了，于是家里隔代的孩子成了老年人感情的依托。孩子的一颦一笑，一言一行，一个表情，一个神态，在他们看来都觉得可亲可爱。长一颗新牙，学一句趣话，认识一个字，背一两行诗句，唱一首儿歌，在他们眼里都是一件了不起的事。孩子每顿吃多少饭，每天睡多少觉，长多少身高，增多少体重，他们都观察得细致入微。人变得心细如丝，情浓似酒，变得"婆婆妈妈"，出门时惦记着给孩子买点礼物，进门时期待着孩子的甜蜜呼唤。隔代人成了心头肉，连年轻的父母背地里都抱怨老人偏心，惯坏了孩子。

如今独生子女在家里都是"小皇帝""小公主"，父亲母亲、爷爷奶奶、姥爷姥姥，个个都视他们为心头肉，疼爱有加，关怀备至。"小皇帝""小公主"们不缺吃，不缺穿，不缺玩具，可物质上的丰富不等于孩子不寂寞。一些年轻的父母忙于工作，除了物质上的给予外，照顾孩子的责任就只能托付给老人，于是老人便成了孩子们精神上的寄托、生活上的依赖。孩子从父母那里寻求不到的答案，就去求教于祖父母或外祖父母；从父母那里受了委屈，可以在祖父母或外祖父母那里得到慰藉。某种程度上，老人和孩子都是远离社会、远离主流生活的群体，容易在感情上沟通，相互依赖，老年人也更愿意把当年对亲生子女的缺憾，补偿在隔代的孩子身上，尽其全力抚育。

隔代人的出生给老年人的生活增添了新的人生乐趣。但老年人有老年人的生活，老年人有老年人的精神世界。他们辛苦了半辈子，晚年更希望有个安逸的生活环境。除了享受天伦之乐外，他们还喜欢看看书，读读报，会会老朋友，欣赏一些有兴趣的电视节目，听评书，赏戏曲，有条件的还可以出门旅游，开阔视野，陶冶情操，参加一些力所能及的文体活动。练气功，打太极拳，扭大秧歌，聚在一起谈天说地，丰富多彩的生活对老年人至关重要。老年人需要充实自己，老有所乐，老有所学，老有所为，利用自己的特长，做些公益事情，发挥余热。夕阳无限好，人生无止境，老年人需要有自由支配的时间和精力。老年人喜欢早起，白天需要小憩恢复体力。老年人好静，疲于热闹，老年人有自己的生活习惯和爱好。

家庭的温馨，家庭成员之间关系的和谐，是老年人延年益寿的保障。隔代亲是老年人晚年生活的慰藉，和孩子们交流，可以弥补自己内心那一份寂寞。隔代亲也成为家庭成员之间感情的纽带。要充分理解老人和孩子之间那一份真挚的感情，让他们充分享受天伦之乐。但老年人毕竟是夕阳晚照，毕竟年老体弱，有诸多不便之处。不要把看孩子当成老人的义务和责任，使之成为他们精神生活和物质生活的负担，这不利于老年人的健康。老年人在照顾孩子和教育孩子方面也有一定的局限，过分溺爱不利于孩子的成长。要理解老人对孩子的情感，同时也要关照老年人的健康生活，不要异化隔代亲这一美丽的人生风景。

看脸儿

出门看阴晴，进门看脸色。

脸的表情是人与人之间交流的第一印象，和颜悦色还是冷若冰霜，热情洋溢还是虚假应付，都是受不受欢迎的准确信号。脸色表情还是人的内心复杂世界的屏幕，变化万千，丰富多彩。

中国传统戏曲中有脸谱艺术，所谓红脸的关公、黑脸的张飞、白脸的曹操，粉墨登场，通过艺术夸张，把人物性格脸谱化，好坏忠奸让人一目了然。现实生活中人的表情要复杂得多，也生动得多，生活背景、职业、习惯、年龄差别、性格迥然，使人的脸色表情复杂微妙，传达出的信息也多彩多样，有庄重、严厉、热情、冷漠、平和、甜蜜，还有笑脸儿、苦脸儿、板着脸儿、表情忧郁、一脸的官司，还有哭笑不得的尴尬相等。有性格的外露，有心绪的浮出，也有职业习惯养成的特征；有鲜明的个性，也有在特定条件下从众心理形成的大众相。

先说职业化的脸。做领导的脸色多庄严肃穆，领导都身负重任，日理万机，大权在握，举足轻重，遇事不动声色，说话一言九鼎，其表情难以猜测，脸色里总有一团化不开的凝重，使人敬畏。所以做领导的偶尔有笑容，会让下属如沐春风，倍感亲切，"平易近人"的赞誉也会接踵而来。人在最初走出家门时，首先接触的便是老师的脸，老师的脸庄重里不乏慈祥，严厉中不乏热情，使人印象深刻，记忆悠长。在授业解惑中，春夏秋冬，风霜雪雨，从青丝到白发，老师所倾注的心血，都一丝不苟地刻在脸上。

　　人生之初，许多做人做事的道理，都是从老师的脸上读到悟懂的。在课堂上，老师的表情像磁石一样吸引着学生的目光，当然，功课没有准备好，害怕老师提问时另当别论。

　　商品社会，市场竞争激烈，商家的笑脸都带着殷勤和期望，无论是卖房子、卖汽车、卖服装、卖保险，销售人员个个面带悦色，笑脸相迎，以礼相待，介绍商品性能、品牌优势，承诺售后的服务项目，语言得体，训练有素，殷勤周到，让顾客在礼遇中充分体验了做上帝的惬意。这是市场经济中的一道亮丽的风景。但商品售出后的售后服务就很难保证了，此一时，彼一时，商家的脸色可能很快晴转阴，事关经济利益，那脸色说变就变，那表情准确无误地显示出拒人千里之外的冷漠。市场服务是由生产到消费的全过程行为，任何短视行为，不仅会伤害消费者的利益，最终也会伤害到商家的根本利益。

　　职业脸色是一种社会现象，包含着职业的社会功能和多层面的责任。人民警察长期处在与犯罪分子作斗争的第一线，特定的环境，特殊的斗争方式铸就他们冷峻刚毅的表情，威慑着犯罪分子，维护着社会安定。但面对群众、服务群众时，他们也会流露出"春天般的温暖"，人民警察脸色的任何错位，都可能影响警徽的光芒。医护人员是救死扶伤的"天使"，在患者的眼中，医护人员个个都是"菩萨相"，对他们的一举一动充满期待。医护人员脸色表情的任何变化，都会让患者内心燃起希望或面对失望。和一般消费者不同的是，患者和医护人员的关系有着更多的公益成分，医护人员的脸色里，服务的责任远远大于功利的目的。职业的脸色除打着职业的烙印外，更包含着从业人员的思想内涵和职业修养。

说职业脸色有点像戏曲中的脸谱，着眼于职业的共性表情，难免偏颇。其实人的脸色更富于个性，千人千面，"红""黑""白"当然不是判断人们内心世界的简单标尺。日常生活中，整日板着脸的人，不见得没有热心肠；一团和气的笑脸儿，也许内心机关重重；笑脸应允未必是诚信的保证，冷脸拒绝可能另有隐情。看脸是识人的入门，了解一个人不是一朝一夕的事情。人不可貌相，别看脸谱识人，共事知冷暖，日久见人心。当然，平常过日子，笑脸待人是做人之道，因为人人都希望看到一张真诚的笑脸，那是沐浴心灵的阳光。

讲义气

　　东北人豪爽、做人讲义气是出了名的。遇人有难，慷慨解囊；路见不平，拔刀相助；为朋友两肋插刀，有事宁肯自己吃亏，也不肯伤了朋友之间的和气；四海之内皆兄弟，有难同当，有福同享，有事您说话。近代东北人又多是移民的后裔，早期移民多来自山东、河北，身上带着齐鲁遗韵和燕赵雄风，经过白山黑水的历练，东北人的讲义气便有了地域特质和历史渊源。

　　月出日落，斗转星移，在社会发生巨大变革，人的价值观念发生深刻变化，新思维、新理念推动经济发展、社会进步的同时，也产生了一些负面效应。人心浮躁，物欲横流，计利计害，各有千秋。商品有假冒伪劣，官品有贪赃枉法，买房怕"缩水"，装修怕污染，打工怕拖欠工资，做生意怕发货收不到货款，看广告要打折扣，读短信怕"中奖"，看病怕医托，征婚怕婚托，真情换来假意，爱情遭到亵渎，落个人财两空。人们最提心吊胆的是不知什么时候天上掉下"馅饼"来，各种名目的诱惑，像变化无穷的魔法，让人眼花缭乱，避之不及非上大当不可，不砸你个伤筋动骨，也伤你个万念俱灰。人心不古成了时下许多人发出的感叹。现代人变得时时小心，处处设防。遇事先止步，左顾右盼，看看有没有陷阱；遇人先审视，前思后想，查查有什么背景。加着万般小心，不定哪一脚踩到"地雷"上，让你吃尽苦头。花钱消费，假烟、假酒、假药、假唱、假名牌，防不胜防；出门在外，防抢、防盗、防骗子，高度警惕。当今社会，东北人的义气受到严重挑战，有点乱了阵脚的东北人使用讲义气的法宝难免尴尬。

路见别人出了车祸，上前出手相帮相救，如果现场没有目击者作证，把别人救了，弄不好自己成了肇事者，有口难辩；好心借钱于人困难之中，凭哥们义气，拍着胸脯连借条都不打，时间一长糊里糊涂就成了讹诈者，官司都打不赢；看见别人打架，热心相劝，本想息事宁人，却换来引火烧身，莫名其妙地被卷进了是非的旋涡里，惨遭非议，出力讨没趣不说，伤心伤肝不定气出什么病来。助人遭误解，热情遇冷漠，讲义气被利用，好心换来驴肝肺，成了处世的警语。有人感叹，这年头真变了。

其实现代社会是一个更理性的社会，人们更愿意用契约来规范社会行为。买卖合同、劳务合同、信贷合同、租赁合同……白纸黑字，以此为证，用来约束行为，维护利益，协调社会的公正，来得更实际。讲义气是一种情感，有不可确定性，投桃报李固然可爱，但人的思想、情感、作为，千差万别，讲义气难以寻求依托。更何况世态炎凉，人心叵测，处事剃头挑子一头热，失衡也就不足为怪。为朋友两肋插刀固然可敬，但哥们义气和社会利益发生冲突时，哥们义气便显得软弱无力和不合时宜，何况哥们义气也有值得反省之处。友情为重，义气当先，朋友间护短，甚至在是非面前沆瀣一气，是自己裁自己的面子。有朋友打过电话来，一声吆喝："哥们受欺负了，快带几个人来！"这边马上做出反应："是谁吃了豹子胆了？别急，等着。"

放下电话，带上几个哥们儿火速赶过去，不分是非曲直、青红皂白，对那"吃了豹子胆"的大打出手。对方也不是食素的，也不示弱，一场混战难免。结果是小事闹大，两败俱伤，严重的还要吃官司，承担法律责任。此时才如梦方醒，后悔不迭。哥们义气害死人的教训屡见不鲜。

话又说回来，教训归教训，讲义气的东北人不要气馁，"天若有情天亦老，人间正道是沧桑"，在做人做事的道理上，集大成者大有人在。在现实生活中，我们听到、看到许多普通人，古道热肠，义字当先，乐于助人；他们在别人遇到危难时，挺身而出，救人于水火之中；他们身处逆境，仍以微薄之力帮助需要帮助的人；他们生活拮据，在金钱面前仍然将心比心，为他人着想，做到拾金不昧。一方有难，八方支援，仍然是当今社会不断展现的亮丽风景。他们的行为可能会受到误解，受到指责，他们忍受磨难，也会因此困惑、迷茫、痛苦，但他们仍然以平常心，视此为平常事，无怨无悔。他们以羸弱的肩头担负着道义，他们被视为社会道德力量的中坚。他们的行为被社会所理解和支持，逐步健全的法律也会为他们提供保护。

东北人千万别丢弃讲义气的传统，只是在社会进步的同时，也要适应时代的需要，有所变革，与时俱进就是了。

好心情

　　人都喜欢有个好心情，也希望有个好心情。好心情意味着无忧无虑，无牵无挂，几分恬静，几分兴奋，几分雀跃，几分期待。好心情是人生机遇。彩票中奖，评上职称，商场发财，官场晋升，金榜题名；发表了论文，注册上专利，遇上红颜知己，摆脱债务纠纷，都可以带来好心情。甚至一条漂亮的领带，一个成功的妆容，一场精彩的演出，一顿丰富的美餐，礼仪小姐一个温馨的微笑，老板一张赏识的笑脸，下属一句恭维的话语，晚上打发太太回娘家，关上门痛快淋漓地看一场足球赛转播，也会带来好心情。好心情无处不在，无时不在。抓住机遇，享受生活，好心情能使你身心健康。

　　好心情会带来好的人生意境，好心情会使生活变得浪漫多彩。河边钓鱼，月下散步，细雨中欣赏朦胧景致，倾听风声雨声沁人心脾的旋律。灯下读书，挚友下棋，三五知己聊天，吹牛发牢骚，五音不全地吼几声流行歌曲，都让人心旷神怡。心情好时可以临窗而坐，呷着绿茶赏音乐；可以水中望月，雾里看花，林中听鸟语，池中赏金鱼，充满闲情逸致。好心情时可以骑上摩托车在高速路上狂奔，可以伏下身来让儿子当马骑，可以心平气和地听太太讲述少女时代的浪漫故事。好心情时可以多喝一两杯酒，多讲几句让人捧腹的笑话，多发一些精辟的高论。这些都是好心情的外在表现形式。好心情使人变得乐观豁达、善解人意、妙语连珠、意气风发。

但有好心情时也要有所节制，物极必反，不可忘乎所以。心情再好，也不能在老板面前轻易提出加薪的要求，以免被炒鱿鱼；听太太讲述她的浪漫故事时，不要表白自己婚前曾经历过的恋情，以免太太吃醋；不要把狂奔的摩托车驶上人流如潮的马路，以免闯下大祸；赏雨听风时别忘了加衣服，以免感冒；面对礼仪小姐的微笑，不要想入非非，以免无趣；高兴时可以多喝几杯酒，但不要过量，以免酒后无德；笑话可以多讲，但要注意对象，以免有人对号入座得罪人。人可以制造好心情，也可以破坏好心情。好心情是财富，难能可贵，要倍加珍惜。

好心情可以让人身心舒适，可以延年益寿，可以修身养性。好心情是个好东西，但人生不易，多有磨难，为生活奔走，为是非呼号，柴米油盐，美丑善恶，不尽如人意的事儿太多。有个好心情不容易。挤公共汽车丢了钱包，做生意上当受骗，顶撞上司被扣奖金，公共场所吸烟被当众罚款，想买名牌却买回假冒伪劣产品。皮鞋穿一周开绽，西装穿一个月开线；给岳父大人送烟打开一吸是假货，越解释越糊涂，连岳母大人和太太一起得罪而有口难辩；住进新房漏雨，出门垃圾成堆，向有关部门反映却让你

"愚公移山"。这些事情摊上一件，你的心情上哪儿好去！

但人生毕竟需要好心情，生活才有意义、有滋味、有奔头。好心情是一种心态，是心理上的平衡。有人为公理愤怒，有人为得失不平，有的人事不关己，优哉游哉。有的人不失就是得，有的人少得就是失，世相百态，相生相克，难得明白，更难得糊涂。社会发展需要竞争，公平竞争才能推动社会进步。社会需要公德，有公德才能有人际关系的温馨。大千世界，林林总总，每个人都有自己的活法，都有相对独立的精神世界。理解、宽容和不强加于人，是和谐的基础；自律、奉献、进取，是推进社会进步的动力。阿Q的自嘲是懦弱，强取豪夺是对社会和他人的伤害，黄牛前行是一种力量，信息科技是一种智慧。认识世界没有终极，把握自己更非易事。社会需要公正，人类需要爱心，要想活出好心情，塑造自我、发展自我，需要调节好个人与社会的关系、个人与他人的关系。好心情蕴含着高尚的付出，需要付出爱心和处处宽容。好心情是一种修养，选定人生目标，埋头奋斗，不要虚荣，不要浮躁，不要无谓的计较。走自己的路，成败得失有自己的标准。要想活得潇洒，活得自信，活得有滋有味，自己要为自己制造好心情。

好心情不亚于空气和水，不亚于金钱和荣誉，不亚于至爱亲朋的关怀。创造好心情要靠自己，调整好自己的心态才能享受好心情，有了好心情，才能诸事有成。

别太累

　　现代人习惯于快节奏生活。快节奏的生活意味着忙，忙学习，忙工作，忙赚钱，忙社交，忙教育子女，忙功名利禄。无论是工作还是生活，参照物多了，这山望着那山高，攀比之心油然而生，于是赚钱要多，住房要大，装修要好，子女要受高等教育，样样都不落于人后。就是维持普通人的生计，也不是一件轻松的事，柴米油盐、锅碗瓢盆，哪样不忙活也应付不来，加上消费刺激容易使人产生心理落差，更显人生不易，站在哪一层台阶上都有压力。人们像站在快速运转的传送带上，停都停不下来，摸爬滚打，踏着节拍走，错一步慢一拍都可能"掉链子"、摔跟头，弄不好还得被淘汰出局。

　　快节奏的生活意味着竞争的激烈，人们须使出浑身的解数，十八般武器都得用上，去求生存，图发展，寻找机会，创造奇迹，改变命运，收获硕果。处在事业巅峰的人，自然是忙得不亦乐乎，成就感促使人们机械般地劳作，每天有做不完的事情。分秒必争，唯恐浪费大好时光，机不可失，时不再来，抓住机遇，天旋地转地忙个不停。同时市场机制带来的风险、难以预计的人生变数、五花八门的诱惑，也会使人人心浮动，想入非非，疲于奔命，劳心劳神，算下来岂止一个"忙"字了得。

近来，娱乐圈子里明星的健康状况引起人们的关注，有些明星在事业巅峰期倒下，丢下事业，丢下辉煌，丢下名利，让人惋惜。明星是公众人物，生活透明度高，有目共睹，影响广泛，其言其行，其得其失，有着警世的作用。其实各行各业都存在着生活节奏快，人生压力大，忙得身心疲惫，难以喘口气，身体不能承受其重的现象。

现代人在忙些什么呢？忙事业，忙生活，自不必说。信息社会，现代人注重社会交往，公务活动，功利活动，朋友聚会，人情往来，交往频繁，应酬不断，喝酒多，睡眠少，八小时之外的活动大于八小时之内的劳作。从上到下，来而不往非礼也，这种全民性的热闹氛围，也创造了经济繁荣和新气象。除了功名利禄，现代社会信息贵如金，一条信息就是一个机会，一片天地，不能等闲视之。快节奏的生活，新事物层出不穷，瞬息万变，让人眼花缭乱，应接不暇。人们唯恐被人落下，赶不上潮流，落后于时代，不得不全力以赴。

忙是好事。快节奏的生活推进了经济的发展，社会的进步。人们忙得有根有据，忙得心安理得，忙得神采飞扬。忙来忙去，人们却发现在忙着向生活索取的过程中，不知不觉丢失了一些不该丢失的东西，于是不得不面对一些摆在面前的迷茫和困惑。传统与现代的矛盾，新旧价值观念的冲突，是与非的变异，温馨与冷漠，得与失，利与害，都在忙碌中变得斑驳模糊；亲情的关联，友情的组合，也在这忙碌中得以重新检验，社会的变革深入到每一个角落，也触摸到每一个人的内心世界。这种审视虽不必像圣人那样"吾日三省吾身"，但免不了要承受蜕变中的压抑和沉重。这种社会变革带来的蜕变，犹如凤凰涅槃的再生，对精神的洗涤，不亚于"劳其筋骨"的忙碌。

　　面对精神和体力的重压，人们开始注重休闲、娱乐、健身活动，忙里偷闲来缓解身心的疲惫，或走进大自然，寻求回归；或寻求历史踪迹，以求返璞；或沉湎于灯红酒绿，以求忘却。求动、求静、求真，这固然是一种解脱的方法，最终目的却还是以利拼搏。我们正处于一个喧嚣浮躁的社会，利益的纷争无处不在，去一些休闲娱乐场所，不过是换了一个交易的场地，推杯换盏之际，"羽扇纶巾，谈笑间，樯橹灰飞烟灭"，倒有防不胜防的惊险。就是几个朋友，执意远离红尘，到大自然中陶冶情操，追求"天人合一"的意境，不小心也可能被涮，从一个尘俗世界到另一个尘俗世界，被强迫着休闲，"上车睡觉，下车尿尿，停车拍照"，回家一问啥也不知道，不休不闲，大扫其兴。更何况带着一身的世俗烟尘，满脑子的忙碌，就是到了一处人间仙境，或者到了一处时空变幻出的历史角落，也未必得化成道，返璞归真，"身在曹营心在汉"的休闲，休而不闲。

　　我们面临着历史上难得的机遇，让人激动，催人奋进，使我们有所作为。我们也面临着社会转型期所带来的种种压力，让我们疲惫，纷繁的诱惑也会使我们困顿。但人生是个大舞台，生旦净末，唱念做打，在锣鼓笙箫中，每个人都在扮演自己的角色，展示自己的人生魅力，不会也不可能退缩。创业需要智慧和力量，但世相万千，得失沉浮有诸多因素，要学会善待自己，遇事悠着点，别太累，更别难为自己。

世相中人

平民

　　平民这个称谓太宽泛，也不符合现代观念，说弱势群体太重，说老百姓又太空，一时寻不到合适的话语，权当用来说事吧。

　　平民的哲学是老老实实做人，本本分分做事，不求显达，无祸就是福。平民企盼的是乾坤朗朗，天下太平，与人无过，少惹是非。平民多是弱者，明白世事艰难，富有同情心，知道做人做事特别是困难时被人扶一把和被人推一下截然不同。无论是社会大型赈灾活动，还是针对某个不幸者，平民虽然手头拮据，但很少做旁观者，多少是一份心意，救不了穷总可以救急。平民怕事，怕平静的生活被打乱；怕遇麻烦，怕惹麻烦，更不愿意面对麻烦，遇到麻烦绕着走，惹不起咱还躲不起嘛！但平民毕竟生活在无奇不有的大千世界，求生存，求发展，不得不面对阴晴冷暖的现实社会。

　　平民一般手中没有权力，没有门路，没有强势的关系网，虽不是身在闹市无人问，也是遇有困境难求人。现代社会又是相对封闭又相互依赖的社会，关门过日子不容易，遇上点事更难。找工作，再就业，动迁购房，出个地摊，办个执照，子女上学，每一步都是坎儿。门路不广，路子不熟，办事心里头没有底。相信有人好办事，没人寸步难，于是四处托人找关系。但求人不能白求，事儿又不能白办，人情总该有吧。为了使事情能够顺利办成，一顺百顺事事顺，咬牙破费也是应该的。有人好办事，有钱能办事，很久以来都被奉为"真理"。

有鱼就有搅水的，也有人专门钻空子，站出来拍胸脯，打保票，认识这个，认识那个，和这个是老铁，和那个是亲戚，都是有名有姓、有头有脸、有权能办事的人，由不得让人不相信。况且这些大人物也都是平民百姓难以接近、无法高攀的"大树"。平民自信苍天有眼，机遇难逢。"那就费心劳神了。""好说，如今办事不能白办，哪个环节少了都不能过关，拿钱来。"拿钱虽然让人心痛肉痛，但求人更是不易。机不可失，时不再来，咬咬牙，把平日里从牙缝里一点一滴省下来的辛苦钱、血汗钱、过河钱、养老钱都拿出来，交给人家办事。遇上骗子，这钱就等于肉包子打狗，有去无回。事不一定能办成，本来拮据的生活更加雪上加霜。

改革开放深化以来，民主和法治建设进程加快，各种办事机构也制定了许多限制滥用权力、方便百姓的措施。办事的门槛低了，门好进了，脸好看了，事好办了，这让平民百姓感到欣慰。但好经就怕遇上歪嘴的和尚。极少数人私心作怪，权力欲望不减，上有政策，下有对策，变个花样足够平民百姓喝一壶的。

拖着不办和推来推去的战术，让你夹在门缝里进不去、出不来。简单的事情复杂化，平常的事情特殊化，服务不到位，收费没商量。如有异议，态度好的拿出一沓文件，让平民百姓看得头发涨，如坠云里雾中。遇到不顺心、不顺气、官气不减的"老爷"，立马拉下脸来，就一句话："爱上哪儿告上哪儿告去！"平民一般怕麻烦，对抗不起，就只有自认倒霉。遇上较真儿的，找领导，上主管部门，找新闻单位，甚至对簿公堂。就是问题解决了，想想所费的周折，所花的时间和气力，更不用说身心所受的创伤，也是哭不得，笑不得。

当今社会竞争激烈，科学发展，技术进步，新知识、新观念、新技能层出不穷，人才的作用越来越重要。由于种种原因，在这样激烈的竞争环境中，平民多不占优势。望子成龙、望女成凤便成了平民改变命运的最大寄托。不能让孩子再过这种日子了，于是省吃俭用，竭尽全力供子女读书。子女教育经费已经成了许多家庭的主要开支，也让许多家庭负担不起。在教育同样面临着激烈竞争的情况下，高额的择园费、择校费让平民们只能望洋兴叹，想通过子女教育改变现状也并非易事。一些平民家庭从孩子出生起，就开始为孩子积攒教育经费。从这些可怜天下父母心的作为中，足以表现出平民不甘于现状和积极改变命运的决心。

烟

民

"吸烟有害健康"是全世界达成的共识。尽管这个世界在探讨着各种形式的"一体化"，政治的、经济的、文化的，但吵吵闹闹，成效甚微，唯有在反对吸烟上取得了少有的成功，足见吸烟危害之大、影响之深。看看各国的香烟盒上，中文的、英文的、俄文的、法文的等，五花八门的文字，都标有这一警示语提醒烟民：悬崖勒马，回头是岸。这容易吗？

然而，还有更不容易的。尽管从小小的烟盒到街头巨大的广告牌，到处都有"吸烟有害健康"的警示，越来越多的公共场所也亮起了"禁止吸烟"的红灯，各种形式的戒烟宣传铺天盖地，吸烟的危害深入人心，可烟民们对此却熟视无睹，置危害于不顾，照样吞云吐雾，乐此不疲，"视死如归"。

烟民们自有烟民们吸烟的理由。

吸烟怎么啦？吸烟的好处多着呢！天冷时吸烟取暖，天热时吸烟消暑；累了吸烟解乏，困了吸烟精神；闲时吸烟潇洒，忙时吸烟凝神。"饭后一支烟，赛过活神仙。"酒足饭饱，一烟在手，云雾之间，再跷个二郎腿，何等惬意。睡前一支烟，安心养神，一觉睡到大天亮，梦都不做一个。陪客一支烟，拉近感情距离，寻找共同感觉，方便交流。所以说，吸烟也是人生一大乐趣！如今社会生活都加上了文化标签，酒文化、食文化、服装文化、风筝文化、冰雪文化，烟就没有文化吗？

鼻烟壶、水烟袋、烟斗、烟标、火柴，都有人珍爱收藏。烟是高税商品，烟民个个是纳税模范。至于空气污染、尼古丁伤身，烟民自有解嘲：这个世界公害太多，汽车尾气排放、工业用水流淌，核废料、生活垃圾、大气污染、水污染，还有黑色和黄色的毒品，公害流传之广、危害之大，还在乎吸烟这一种吗？

话虽这么说，烟民的日子并不好过。长期吸烟，手指发黄，牙齿黝黑，嘴唇青紫，口腔伴着烟臭，经常口干舌燥，喉痒咳嗽，嗓子眼儿丝丝缕缕，像拉风箱，极易患肺感染、高血脂、心律不齐等病。这还不算，人们对环境越来越讲究，对生活质量要求越来越高，环保意识越来越强，烟民吸烟越来越不便。烟民在家里吸烟常遭到亲人的反对，阳台、卫生间成了烟民的专用吸烟室；出门在外，到处是"禁止吸烟"的警示，无烟办公室、无烟会议室、无烟候车室、无烟商场、无烟病房，稍不留神，不是被劝阻，就是被罚款，尴尬的局面在所难免，吸烟的愉悦也就烟消云散了。

吸烟是一笔不小的开支，高档次的香烟不是每个人都消费得起的。社交场合，高品级香烟吸不起，低品位香烟拿不出。人多少有点虚荣心，烟民也不例外，带上一盒平日里舍不得吸的上品，装饰门面，自己私下里抽平日里常抽的香烟，在朋友面前一不小心拿错了烟露出窘相，立刻遭到嘲笑："哥们就抽这烟哪？老婆管得太严了。"慌忙中再拿出招待朋友用的好烟，弄巧成拙，更是火上浇油，惹得朋友们不依不饶："哥们太小气了，好烟自己留着，用那种烟来糊弄我们，寒碜人呢？"事情到了这一步，让人有口难言，于是赶忙解释："其实不是这个意思。""不是这个意思是哪个意思？""是那个意思。""那个意思是什么意思？"这个意思也好，那个意思也好，摆在桌面上的都不好意思。越解释越不清，越抹越黑，弄得烟民叫苦不迭，暗自后悔自己多余，"吸烟吸到这个份上，真他妈的没意思了"。

其实吸烟是一种神经质的习惯行为，是情绪的释放和宣泄，科学证明吸烟有百害而无一利。现代社会烟民变得越来越孤立，成了众矢之的，亲友劝戒烟，医生劝戒烟，连幼儿园的小朋友也振振有词，宣传吸烟有害健康。童言无忌，弄得吸烟的父亲、爷爷们无以应对，无可奈何，不得不在孩子面前收敛一下。

烟民们何尝不想戒烟，只是积习难改，有的烟民因为有毅力把烟戒掉了，有的烟民因为生病把烟戒掉了，还有的烟民一次次下决心戒烟，订计划，发誓言，扔打火机，砸烟灰缸，把剩余的香烟送人，吃戒烟糖，喝戒烟茶，但屡戒屡犯，就是舍不下相伴多年的香烟。笔者就是其中的一员。

清新的空气、健康的生活习惯人人向往，笔者真的希望有一天能把烟戒了，为自己也为他人营造一个良好的生存环境，更希望年轻人千万别把吸烟当成一种时尚。

股民

商品社会投资方式多样，房地产、期货、股票、艺术品等等，随着经济的快速发展，都会有不菲的收益。股票投资简便，买进卖出快捷，一度曾有较大的赢利空间。用钱赚钱，繁荣经济，个人受益，股票市场写春秋，不失为一种可选择的投资方式。多年来，股市吸引了大量资金，形成了一支庞大的股民队伍。

股票大厅，人头攒动，电子大屏幕上红绿灯频繁闪烁，股民们全神贯注，一会儿飘红，一会儿泛绿，红绿交替之间，有人面带喜色，有人暗自叹惜。高兴者笑逐颜开，扬眉吐气；失落者长吁短叹，跺脚顿足。股票走势难测定，几人欢乐几人愁。牛市时，操作盘上人影穿梭，查资料，看行情，一会儿买入，一会儿卖出，翻手为云，覆手为雨。点击咫尺之间，决策千里之外。熙来攘往，火爆热闹。遇上熊市，场面冷清，股民们个个表情淡漠，手捏出汗来，也难做决断。观望者多，交易者少。但不管是船头观潮，还是水下搏击，股民们一天下来，总是要出几身汗的。

炒股需要投入，股民即使回到家里，也是满脑子的股市行情。翻阅各种有关股票的报纸、杂志，看上市公司业绩，分析大盘走势，大阴线小阳线，利好利空，还有宏观经济背景，国际国内形势，旁征博引，寻找机遇，以求有所收获。看电视、听广播，也不离股市情结，茶不思、饭不想，股市黄金屋，股票颜如玉，日有所思，夜有所梦，睡觉都会被红绿数字惊醒。

股市风云莫测，涨落不定，变化多端，难以揣摩，可能发财，可能赔本，大起大落，牵动着股民的神经。有时买也赔，卖也赔，眼看着股票直线下跌，跌得人心惊肉跳，叫苦不迭，此时买股票如跳井，卖股票如割肉，不买不卖又不甘心。有时买也赚，卖也赚，股市牛气冲天，股价直线上升，平步青云，上扬得让人心花怒放，眼看着钱叮当入账，那心情像在战场上运筹帷幄的将军，饱尝成功的喜悦。但更多的时候是买也难，卖也难，犹豫不决，拿不定主意，害怕把握不准火候，一失足成千古恨。眼看着某股上扬，不知背景如何，下不了决心，三思，三思，再三思，等有了主意，伸手就被套牢，买了就后悔。手中的股票下跌，如脱缰的野马，怕股票砸在手里放血割肉，为了减少损失，咬牙出手，卖出就回升，大盘上一片飘红，可以赚到手的钱打了水漂，卖了就上当。几个回合下来，难免身心疲惫，一夜无话。第二天再来股市，照样生气勃勃，绷紧神经再战。

多年在股市里摸爬滚打，经历了大起大落的磨难，有赚有赔。有的人悄然离去，有的人壮心不已，股民变得成熟稳健。风险无处不在，机遇无时不有，面对大起大落的风浪，面对令人目眩的大盘飘红闪绿，久而久之练就了胆识和眼力，有了较为平和的心态和娴熟的操作技艺，不再盲目追高，也会冷静面对下滑的行情。坐在船头看潮涌，船动人动心不动。眼观六路，耳听八方，买进卖出。吊长线，打短线，胸有成竹。看飘红，观黑马，选择良机，伺机而动。股市如战场，硝烟中不乏成功者。

股市投资毕竟有风险，天灾人祸，难以抗拒。经济走向、政治风云、宏观形势、局部效应，都会对股市产生影响。尽管国家出台了许多政策来规范股票市场，保护广大股民的利益，但市场经济潜在的危险无时不在，特别是股市尚在不断规范之中，不完备的机制有空隙可钻。虽然股民们练就了火眼金睛顺风耳，积累了许多应对变化的招数，但就怕有人暗箱操作，公布假业绩，散布假利好消息，煞有介事地把某股炒得沸沸扬扬，吸引大批股民的目光。加上有人以各种形式推波助澜，一时资金集中投入，股价节节攀升，交易额突飞猛进，看似前途无限光明。一旦时机成熟，操作者暗中釜底抽薪，大量抛出股票，股价支撑不住，大盘由红变绿，开始下滑，多数股民还没有反应过来，就被牢牢套住。小股民回天无术，只有自认倒霉了。

营造一个健康的股票投资环境，保护股民正常的投资利益，是积累建设资金、促进经济发展的重要途径。

股票市场健康运转是双赢的事情，企业需要资金，而股民腰包里有钱。股民们期待股票市场保持健康运转。

能
人

　　有一种人，大家习惯称其为能人。

　　没人知道能人的职业，能人经常出入大公司、大酒家、高档夜总会。能人不炒股但深谙股市行情，能人不开公司但明白什么生意最赚钱，能人不写文章但知道什么题材最走俏。能人在机关里有朋友，在出租车公司有哥们，在蔬菜市场一呼百应。你办公司他能给你办执照，你的孩子上重点学校他能给你疏通关系。你在出租车上丢了出国护照，虽然没有记住车牌号，能人照样能把护照和夹在护照里的美元找回来完璧归赵。你想开饭店能人能在最理想的街区找到最理想的门市。能人甚至会提醒你哪种蔬菜是上了化肥的，哪种蔬菜是洒了农药的，哪种蔬菜才是真正的绿色食品。

　　你和能人在马路上相逢，你可能一时想不起能人是谁，但这无关紧要，能人能亲切地叫出你的名字，并知道你的职业和社会关系。此时能人正有事找你，他把你拽进"皇冠"或者"宝马"车里，拉着你到处跑，把你几乎忘掉的关系都找出来，你的同学、你的朋友、你过去的上司或下属，直到把他要办的事办成，这时你才想起能人原来是你的一个朋友的朋友的朋友，等到你把这件事反馈给你的一个朋友的朋友后，他会哈哈大笑，说我们也是一面之交，没有什么来往的。但你千万别后悔，当你有事找到能人时，能人绝对一视同仁，热心地为你奔走，为你的事四处找门路，千辛万苦地把你的事办成，你不能不由衷感谢能人的办事能力和为人的热忱。

不要误以为能人是骗子，能人是真诚的。

能人很忙，能人的手机总会响个不停。能人的朋友过生日，能人头三天就帮着张罗，订饭店，买生日蛋糕，发请柬，打电话通知亲朋。到了朋友生日那天，面对一桌美酒佳肴，能人刚举起酒杯，手机又响了起来。能人不得不放下手中的酒杯，拿着手机喊了一通话，最后无可奈何地对朋友表示歉意："对不起，对不起，那边有朋友找我，十万火急，是生意上的事，时间就是金钱，效益就是生命，马虎不得，失陪，失陪。"

朋友为能人离席惋惜，但爱莫能助。能人朋友多，应酬多，要办的事情更多。能人常在睡觉时被叫醒、吃饭时被拉走，在繁华的大街上，在幽暗的酒吧里，在嘈杂的菜市场，能人常常旁若无人地拿着手机大声讲话，然后关上手机匆匆忙忙走人，能人的日子过得很辛苦。

能人必须有好心情、好脾气、好胃口、好酒量、好谈吐、好风度，这样才能运筹帷幄。能人身边常有一两位漂亮小姐伴随左右，小姐个个闭月羞花，倾国倾城，说话娇声细语，走路婀娜多姿。能人更愿意为小姐效劳，为她们找最地道的美容师，介绍她们到合资企业供职，推荐她们到某剧组扮演一个小角色。可千万别小瞧这种小角色，这是一个机遇，许多明星都是从这种小角色开始，然后渐渐走向辉煌的。当然，能人身边的小姐时有更换，但姿色不减。小姐们也知恩图报，帮能人办不少事，能人很开心。因此能人常有绯闻缠身，能人对这些绯闻向来不屑一顾，说这是吃不着葡萄说葡萄酸的"酸葡萄"论，其实能人是正人君子。

能人虽然有现代化的通信设备，但找能人很难，能人的手机不是占线就是停机，让你摸不着头脑。但你见到能人时，能人会满脸的歉意，告诉你他新的手机号，并千叮咛万嘱咐请你无论如何不要客气，有事就拨这个号，他二十四小时开机。

谁也不知道能人有多少钱，他有时穿名牌，吃大餐，住豪华套房，洗桑拿，做按摩；但能人有时也会一文不名，穿着肥大的短裤、宽松的汗衫，满脸胡楂儿地挤在人挨人的小吃摊上吃馄饨烧饼。在这种场合下遇到能人，你可能会避开能人的目光，避免他尴尬。其实你又错了，能人会隔着几张桌子大声和你打招呼，会端着烫手的馄饨坐到你的对面，和你面对面地边吃边聊，这家馄饨味道如何好，有什么特色，如何讲究卫生。他会很自豪地告诉你，他和这家小吃摊的老板是朋友。为了证实这一点，他会亲热地和老板娘打招呼，让老板娘在你的馄饨碗里加一把海米，添一勺热汤。吃完饭付账时他也不会和你争，他会很大气地拍着你的肩头说："不好意思，叨扰了，下次我请你吃法国大餐。"

能人精力充沛，乐观自信，四处奔波，到处都有能人的影子，能人颇有人缘。

不要小看能人，能人在信息社会左右逢源，如鱼得水，穿梭于各色人等之间，传播着各种有益的信息，把许多常人难以办成的事情办得巧妙妥帖。能人在做中介和经纪方面有着不寻常的天分，有一天能人找个地方挂个牌，办个公司，在信息瞬息万变的现代社会，肯定是个卓有成效的经营高手。

凡
人

　　凡人貌不出众，语不惊人，非高官，无厚禄，没有知名度，行为举止、饮食起居引不起轰动效应。凡人在单位，工作兢兢业业，不迟到，不早退，没提过任何要求麻烦领导，没和同事争过高低，没和谁发过脾气，加班加点从不缺勤。凡人抱定吃亏是福的人生态度。人们也容易认定吃亏是凡人的"专利"。凡人尽管工作很努力，也能很好地完成任务，但凡人很少受到表扬，当然苍天有眼，也没有人批评凡人，凡人的日子过得平静无奇。

　　凡人在家里常常受到太太的抱怨，抱怨经济上的拮据，抱怨住房的狭小，抱怨孩子上不了重点学校，抱怨不能全家出去旅游，抱怨跟着凡人吃苦挨累过穷日子而无翻身之日。每当太太抱怨时，凡人就会手扶额头，闭目皱眉，长吁短叹。凡人并不在意自己的衣食繁简、荣辱得失，但凡人希望自己的太太和孩子吃得好些，穿得暖些，食有山珍海味，穿有名牌精品，住有三室两厅，出门披金戴银，大丈夫不能让妻儿老小享受"钟鸣鼎食""宝马香车"的快活，凡人自觉做人做得很惭愧。

凡人很努力，希望多赚些钱来养家糊口，改善生活条件，过上富裕日子。凡人不怕吃苦，业余时间打些短工，做点小本生意，虽有收获，但凡人无一技之长，难以彻底地改变生活面貌。凡人也试着去买彩票，希冀着奇迹能够发生，但凡人运气不佳，中奖机会不多，凡人至今没有发财。

凡人走在街上，从不引人注目。凡人不逛精品屋，不去夜总会，不泡酒吧。凡人偶尔和朋友喝酒，也会抢着买单，哪怕日后半个月滴酒不沾、吸的香烟在牌子上大打折扣。凡人在文化生活上没有奢求，凡人爱看电影，尤其爱看流行的大片，买一张门票，坐进电影院里，凡人觉得很惬意。悲剧也好，喜剧也好，都能让凡人心动，凡人觉得能从中悟出许多人生哲理，感受到小人物不寂寞的那一份愉悦。就是那些打打杀杀、玄而又玄的警匪片，也让凡人充满期待，看银幕上那些孤胆英雄，一身武艺，除暴安良，历经艰险，力挽狂澜，常常激动不已。凡人明知那是演戏，感叹演戏的都是疯子，看戏的都是傻子，但凡人还是沉浸其中，乐此不疲。凡人觉得银幕上的生活虽不是世外桃源，却也是是非分明的理想境地。

凡人心地善良，热心于公益事业，更乐于助人。每有大型社会赈灾活动，凡人虽然手头拮据，囊中羞涩，却不肯落于人后。凡人自知自己的捐赠微不足道，所以在做这种公益活动时从不张扬，但凡人心里很踏实。每当这种时候，凡人会心意盎然，乐观而自信，觉得自己是社会大家庭中平等的一员。当然，凡人也会有烦恼，凡人的烦恼不是自己的得失，而是对世态炎凉的不满。一次，在公交车上，凡人给一位长者让座，长者鹤发童颜，精神矍铄，性格爽朗，执意不坐。长者说："人不惧老，何有老至？"凡人很敬佩长者的精神，但还是想以长者为尊。凡人与长者互相谦让之时，不知什么时候过来一位年轻人面无表情地坐了下来。凡人无奈，沮丧的凡人感叹人心不古，孺子不可教也！

凡人的生活平平淡淡，日复一日，年复一年，艰辛中带着希望，平和中泛着波澜。面对艰辛，凡人能应对自如；面对平淡，凡人也能随遇而安。凡人毕竟生活在大千世界里，因此也会遇到躲不开的麻烦。

一日凡人上火车站送朋友，回来的路上被一个年轻女子拦住。女子说："大哥，我想为我丈夫买一身衣料。我丈夫的身材和你差不多，你帮我量一下，看买多少料子合适。"凡人乐于助人，何况又是一位楚楚动人的年轻女子，凡人不假思索地答应了。在街边一个布料店内，店主很仔细地为凡人量了尺寸，然后扯下一块衣料。店主说："付钱吧。"凡人回身去找那年轻女子，那年轻女子早没有了踪影。凡人说："不是我买衣料。"店主说："不是你买你量什么尺寸啊？扯下的衣料没人会买了，你拿钱吧！"凡人陷入困境，有口难辩，只好自认倒霉。凡人问："多少钱？"店主说了一个吓人的数字，让凡人出了一身冷汗，才明白这是上了人家的圈套。凡人说："你们是一伙的，合起伙来骗人。"店主说："少啰唆，不拿钱你今天出不了这个门。"凡人说："你们敢？你们开黑店不怕我举报你们？"店主也有些不知道凡人是什么来头。店主问："你是谁？""我是凡人。""凡人是谁?""凡人就是凡人。"店主稍有犹豫,还是动了手。店主一声吆喝,几个大汉冲了过来,将凡人打翻在地。

　　事后经凡人举报,那家黑店被取缔,没人知道凡人的名字。凡人还是凡人,凡人仍然每天过着平淡而琐碎的日子。

名
人

　　名人是指在某一领域取得突出成就，并有着广泛影响的领衔人物。他们有很高的知名度，有众多的崇拜者，鲜花、掌声、问候、签名、合影留念，让名人应接不暇。特别是娱乐圈子里的名人，知名度之高，影响力辐射面之广，更是非同凡响。

　　名人一般都因名受益，当代表、做委员、当理事、做顾问，被广泛征求意见。名人都有某一方面的专长，名人提出的意见也都会得到高度重视。商品社会，市场经济，名人的经济价值也凸显优势。名作家的作品发行量大，名演员演出的剧目上座率高，明星出演的影视剧收视率高。名作家拿高稿酬，名演员拿高出场费，名画家的画能拍出天价。当然，拿高报酬的不仅仅是名人，出版商、制片商、演出公司、拍卖行也因名家名作而赚满了腰包。

　　名人也是媒体追逐炒作的对象。名人的成功之路，名人的恋情，名人的婚变，甚至名人住什么样的别墅、坐什么牌子的汽车，常去的酒吧，交往的朋友，有什么嗜好，都会成为关注的焦点。就连名人患了感冒、打个喷嚏也会被炒得沸沸扬扬。名人的逸事有时也会被炒作得面目全非。名人的名字有商业价值，而报纸的发行量也会因名人效应而节节攀升。

影视和歌坛的名人是大众的偶像，衣着一定是名牌，发型一定要前卫，首饰一定要新颖，而这些东西一旦被名人认可，便会成为时尚流行开来。精明的商家深谙名人效应，不惜重金千方百计请名人做广告，做商品的形象大使、代言人，以名人之名来提高商品的知名度，效果自然不错，销售量直线上升，财源滚滚而来。

其实名人因名受益，也受名之累。名人虽然有才气，有专长，有成就，事业上辉煌，舞台上风光，但在日常生活中也和普通人无异，七情六欲，饮食男女，有成功的喜悦，也有失败的烦恼；有爱心，也有脾气；有张扬之举，也有不愿意外露的隐私。名人毕竟是名人，是舆论关注的焦点，名人的言行举止要格外小心，什么场合露面，什么场合没了踪影，都可能蕴含着事业的成败得失。不管名人和什么人进餐，和什么人逛街，和什么人来往密切，都能传出新闻，成为私生活的晴雨表。名人的言行随时随地都会被整理成警句或俚语传播开来，糟糕的是有时会被断章取义，至于伤害了什么人，得罪了什么人，名人自己却一无所知，只好等着人家拿着讨伐檄文"打"上门来。任何事情总是有得有失，有利有弊，当名人也有潇洒不起来的时候。名人盼出名，名扬四海是事业成功的象征，名人带来的效应更是有目共睹，让人羡慕。但是出了名的名人更怕失去名气，随着时代的发展、新旧的交替，名人的事业有如逆水行舟，不进则退。名人得不断努力，创造新的知名度，争取能有新的突破，超越自我，与时俱进，否则就会被人们渐渐遗忘，从此默默无闻。

名人不是圣人，也会有诸多缺点和毛病，长期生活在鲜花和掌声中，也会忘乎所以，滋长脾气，摆名人架子，容不得不同意见，听不得批评，伤不得面子。处在事业巅峰时，俯视芸芸众生，难免发出"众人皆醉我独醒""开先河，警后人，舍我其谁"的感慨。总之，名人的骄傲，名人的脾气，名人的个性，要比常人更为突出，而他们为此付出的代价也比常人高得多。

名人虽然也有这么多难处，这么多缺陷，但名人的光环和魅力仍是无法抗拒的，特别是在大众眼里，人们看到的更多的是名人的正面效应。许多人都梦想成为名人，并努力地成为名人。现代社会，人心浮躁，在金钱利益的驱使下，成名有了许多途径。入名人辞典便是其中之一，不同系统、不同门类，省级、国家级、世界级都会发出邀请，如"某某先生，您被收入某某名人大辞典，向您表示祝贺，请付资金若干"等等。如果你愿意，可以被收入十几部甚至几十部名人大辞典，就是说可以名扬全国，名扬世界。这种名人不要业绩，不要奖励，不要待遇，担个虚名，自娱自乐，倒也不伤大雅。不过也有一些人为了成名，抄袭别人的文章，剽窃他人的研究成果，冠上自己的名字，以求功利，则有"月黑杀人夜，风高放火天"之嫌了。

名人效应是一种社会现象，也是褒扬先进，奖赏优秀，鼓励出类拔萃人才的途径。市场经济把名人现象炒作得花红柳绿，装点得五彩斑斓，也不失为一道文化风景。至于名人自己，如鱼得水也好，顺水推舟也好，不事张扬也好，那是个人做人做事的原则，不影响名人和名人效应的社会功能。

情
人

情人现象是现代社会多见而敏感的话题，"包二奶"、婚外情人、异性密友、同居者、网恋、一夜情，这诸多现象，有的让人见怪不怪，有的让人既不认同，也不多加指责，事不关己，坦然处之。这是一层神秘的面纱，背后有着复杂而多样的内容，人们普遍的态度是视而不见，听而不闻，是褒是贬，一言难尽，欲说还休。

有人认为情人现象是商品社会物欲横流的产物，也有人认为情人现象是对传统婚姻中不合理成分的悖逆。生活压力大，社会财富的不均衡，冷漠的婚姻，无处不在的利益冲突，对矛盾的逃避和对真情的渴望，都是情人现象的温床。社会的宽容，令情人现象更多地浮出水面。

爱情关系从本质上应该是单纯的、浪漫的，卿卿我我，感情至上，两个人好了，"愿做那泥人儿，好一似咱两个，捏一个你，塑一个我，看两下如何？将他来揉和了重新做，重捏一个你，再塑一个我，我中有了你，你中有了我"。这份情感可算感天动地。为了一个"情"字，"在天愿作比翼鸟，在地愿为连理枝"，信誓旦旦，天下无险阻。为了取悦对方，上天揽月，下洋捉鳖，没有做不到的事情。情感所致，做不到可以说到，话说到位也会使对方心花怒放，心满意足。情人眼里出西施，情人眼里出英雄，坠入情网的情人们，满目是似锦的花团，日出的朝霞。这种情人关系单纯而热烈，追求的是情感上的慰藉，是爱情的王国，是两个人的世界，是亚当和夏娃的伊甸园，不受柴米油盐之累，不受社会生存条件的制约，最好天底下只有这一男一女，外加树上有吃不完的果实。当然这是一厢情愿的，是爱情的乌托邦。情人也要食人间烟火，也要为生计奔波，也要面对错综复杂的社会关系和人际关系，更要承担社会和家庭的责任和义务，世俗生活的烦恼一样也不能少。几多欢乐几多愁，几多是是非非下来，情人的浪漫大打折扣，阳光不再灿烂，浪漫回归现实，"无奈朝来寒雨晚来风""自是人生长恨水长东"，那一份爱得死去活来的恋情，由爱到怨，由怨到恨，方知一场游戏一场梦。其实情人关系很脆弱，一旦迈出梦幻的伊甸园，面对现实的生活，迎面而来的风风雨雨，都是严峻的考验，会使爱情败下阵来，美好变成丑陋，温馨变成冷漠，最终有情人难成眷属。

随着社会的进步、观念的更新，人们对婚姻、家庭、爱情有了更人性化的认识，并不反对个人对幸福生活的追求和对婚姻的重新选择。只是在现实生活中，这是一条艰辛的道路，错综复杂，爱情、责任、义务集于一身，浪漫中多了几分沉重。情人关系这层神秘的面纱一旦被揭开，由于准备不足，当事人很容易陷入轮回的怪圈，让许多人生出"悔不当初"的感慨。

现实社会充满着利益的竞争，情人现象难免掺杂着诸多生存因素。金钱的依附，利益的交换，付出和索取的争斗，让情人现象变得温情不再，爱情不再神圣，金钱与爱情、权力与爱情、阴谋与爱情、伤感与爱情，使情人关系变得脆弱而不堪一击。爱情被亵渎，情人关系成了变形的哈哈镜，纯情与世故，浪漫与现实，还有那古今不变的始乱终弃的悲情故事，让情人现象潜伏着算计和凶险、伤痛与悲哀，最终一江春水向东流，一场游戏一场梦；多情却被无情恼，于梦中醒来的情人们，方知真爱难觅，苦果多多。

信息社会，高科技为人与人的交流提供了新的平台，网恋成为时尚。避开物质财富，避开闲言碎语，避开世俗的种种羁绊，在寂静的角落里保留一个属于自己的对话空间。一些在现实生活中疲于奔波，陷于困顿，沉于寂寞，伤于世俗的孤独者，把网恋当成了世外桃源。面对虚拟的空间，他没有现实生活中的诸多顾忌，卸除掉心理上的障碍，游戏之间，听到的都是最缠绵的情话，敞开的都是从不示人的心灵秘密，柔情百转，风情万种，新鲜而刺激，廉价而安全，宣泄之间似乎找到了情感的寄托，网恋成了人们逃避现实生活的一种方式。其实虚拟的网络脱离不了现实生活的沉重，网络可能是天堂，网络也可能是陷阱，在网络编织的虚拟世界里，暗中窥视者大有人在，网络童话同样会被击得粉身碎骨。

情人现象无疑是对现代婚姻的冲击，是对当事人的伤害。在浮躁的现实生活中，婚姻保卫战也进行得紧锣密鼓。"兵来将挡，水来土掩"是婚姻生活中提防"色狼们"和"狐狸精们"的有效手段，珍惜爱情和亲情，世间自有真情在，夫妻间的相互理解、和谐的家庭生活，是培养家庭成员事业心和责任感的温室，是维系婚姻生活的纽带。爱情是婚姻生活的常青树，常浇点水，别让爱情之树枯萎和死亡。

谨慎的人

这种人为人处事谨慎，起居饮食小心，做人做事从不越雷池一步。遇事躲躲闪闪，害怕引火烧身，不求发达，但求远离风险，事事平安，人称这种人为谨慎的人。

现代社会玄机密布，机会与风险同在，成功与失败相连，利与弊充满变数，让人难以把握，决策起来难下决心。谨慎的人处处设防，倍加小心，不吸烟，不酗酒，不赌博，不在街头看热闹，更不会路见不平拔刀相助；喝纯净水，吃绿色食品，遇到看不惯的事，从不当面发牢骚。谨慎的人封闭自己，明哲保身。

谨慎的人害怕婚姻，认为现在的女人太实际，不是奔钱，就是奔权，自己在这两方面都不是强项，换不来女人的芳心。对爱情心里想着，嘴上说着，行动中又疑虑重重。在谨慎的人看来，爱情虚无缥缈，像晶莹的雪花，落地无形，润物无声，看不见，抓不着，在现实生活中难寻踪影。再说厮守着一个女人过日子，整日里柴米油盐酱醋茶，哪有锅碗不碰瓢盆的，你有气，我有火，百人百性，谁也改变不了谁，较起真来，一天也没法过。看夫妻吵架多了，心里头不托底，与其将来离婚，不如不结婚，免得自找麻烦。怕归怕，谨慎的人还是抱有希望。一日佳丽至，谨慎的人满心喜欢，问："我无权无钱，你愿意吗？"佳丽想了想说："事在人为，试试看吧。"谨慎的人感觉不错，只是还不放心，又问："世事艰难，我虽有历练之心，怕无用武之地，你能过平常的日子吗？"佳丽面有难色，说："人人都可以有平常之心，但不是人人都愿意做平庸之人。"谨慎的人似乎言犹未尽，干脆说："无论贫富贵贱，你都能和我常相守吗？"佳丽为他那一脸的狐疑和处处设防的表情疑惑，只好摇头说再见。谨慎的人和幸福擦肩而过。

谨慎的人想做学问。如今是科技时代，知识是打开光明前途的钥匙，学有所长是安身立命的铁饭碗，但做学问要甘于寂寞，学海无涯苦作舟。谨慎的人倒不恼吃苦，谨慎的人看了许多所学无所用的例子，见许多人学得的知识用不到实践上，是最大的浪费，用一生的寂寞换不来成功，想想都觉得可怕，还是不为为好。

谨慎的人也有发财的梦想，但从没有为此做过努力。经商可以致富，成功了就是商人、企业家，有了钱可以活得扬眉吐气、潇洒自在。人生能有几回搏，该出手时就出手。但谨慎的人下不了决心，商场如战场，风浪大，险滩多，到处是陷阱。大骗子、小骗子、骗子公司四处活动，他们无孔不入，让人防不胜防，他们躲在暗处，伺机而动，伪装得天衣无缝，遇上一个就会叫人人仰马翻，钱赚不到，连本钱都会赔个精光。商场不是随便可以涉足的，谨慎的人望而却步。

买彩票中奖率太低，炒期货投入太大，炒股相对灵活些，不用面对面地和人打交道，但股市行情瞬息万变，大盘一会翻红，一会飘绿，涨落莫测，规律难寻，有赚有赔，有赢也有输。一夜之间暴富和一夜之间破产让人惊心动魄，谁也不知道自己的命运押在哪一边，股市也是雷区，涉足不得。

谨慎的人也想过走仕途，在官场上干一番事业。做官当领导，说话一言九鼎，为大众谋利益，若有建树，名垂青史。但做官责任重大，工作辛劳，政绩难树，众口难调，容易得罪人，背后挨骂。所谓官字头上一把刀，若有闪失，官海翻船，身败名裂。想来想去，还是平民百姓好，无官一身轻，吃得饱，睡得香，洒脱自在。

谨慎的人几乎寸步难行。

谨慎的人尽管封闭自己，裹足不前，但他毕竟生活在现实社会里，要跟上时代的脚步，无论怎样小心谨慎，都会卷入生活的潮流，要娶妻生子，要做事养家糊口，虽没有做成想做的事情，日子过得不算轰轰烈烈，但也衣食无忧，这让谨慎的人很满足。

谨慎的人也有失落的时候，社会在发展，岁月在流逝，周围的人都在发生着变化：有人冒险经商，虽历经磨难，几起几落，终于取得成功，成了住洋楼、开私家车的富翁；有人甘于寂寞，做着无声无息的学问，最终学有所长，成了一方的专家、名士；有人走上仕途，为官一方，励精图治，大有作为。当然，成功者的例子很多，让谨慎的人感慨，审视自己的人生之路，难免有所惆怅。但谨慎的人也能释怀，人各有志，各有各的活法，无福无祸，平平淡淡也是一种人生。

农民工

　　农民工进城干的多是辛苦活儿，修桥铺路，拆房盖楼，修地下通道，建城市广场，劳动强度大，条件艰苦，待遇菲薄。他们一般吃在工地，睡在工棚，夏天一身汗，冬天抗严寒，为赶工程进度，起早贪黑，挥汗如雨，黎明即起，日落不歇。工程竣工，扛起行李走人，与那些华丽的工程再也无缘。长年累月的劳作，换来城市日新月异的变化，一座座高楼大厦拔地而起，一座座立交桥横空出世，这些展示城市现代文明的景观无不浸透着农民工的汗水。我们理应向农民工道一声"辛苦了"。

　　日益增多的农民工涌入各行各业，他们或在工厂打工，或在第三产业谋职，做服务员、钟点工、保姆，以及帮居民搬家、给街道清雪。他们做着城里人不愿做的工作，填补着现代社会劳务市场必需岗位的空缺。他们或只身进城，或夫妻结伴闯天下。他们做事谨慎，少与人争，生活节俭，靠微薄的收入一点一滴地积攒家当，一步一步地积累全新的人生经验。他们的劳作推动着城市经济的运转，农民工已经成为某些行业的重要劳动力资源，农民工的缺席会直接影响这些产业的发展。

进城农民工除了劳作，很少有文化娱乐活动，他们难得进电影院、歌厅，更无缘于豪华的娱乐场所，甚至连普通家庭常备的电视节目也无暇欣赏。出入录像厅，阅读街头小报和武侠小说是他们少有的消遣，公园绿地偶有廉价的卡拉OK会使他们驻足，充满活力的年轻人聚在一起，争先恐后地展示自己的歌喉，一曲《想家的人》会使同伴们听得潸然泪下。农民工渴望着适合他们的业余文化生活。

农民工的家庭对农民工进城寄予厚望，期盼着他们拿回钱来改善生活，为子女交学费，为治病的亲人偿还债务，为盖新房积攒资金，为农业生产积累投入。每有农民工进城，都背负着整个家庭的希望，爹娘妻子走相送，千叮咛，万嘱咐，一路小心，诸事保重，在家千般好，出门万事难，城里再好是他乡，环境复杂，无人照顾，千万别吃亏上当。农民工也怀着出门闯天下的豪情，告别亲人，离乡背井，凭着一身力气和不怕吃苦的精神，在人生地不熟的城市里漂泊，酸甜苦辣，成败得失，自有感悟。每遇挫折，那份思亲之意、恋乡之情油然而生。"独在异乡为异客，每逢佳节倍思亲"，节日里的城市张灯结彩，家家亲人团聚，与亲人天各一方的农民工，只能望着同样照着家乡亲人的明月，寄托自己的思念之情了。明月照两地，两地同此心，接到亲人的电话，也是声声问归期。当然，他们之中也不乏成功者，经过自己的努力，干出一番事业，脱离农民工的队伍，或经商，或办企业，在城市里安家落户，成为地道的"城里人"。

农民工进城并不在意干什么活儿，吃什么苦，更不期待天上会掉下什么样的馅饼来，他们只担心在同工同酬、劳动保障、进城子女上学等方面受到歧视，特别是付出辛苦劳动后拿不到应得的工资，年终岁尾无钱回家见江东父老。被拖欠工资的农民工四处奔波，多方求助，仍被推来推去。虽然政府有关部门采取了多方措施，进行行政干预，社会各界也为他们提供了包括法律援助在内的支持，但因为种种原因，仍有一些不法分子恶意拖欠，让农民工承受着难以承受的损失。农民工期待着持续加大保障他们合法权益的力度。

　　一些城里人对农民工还存有偏见。其实大可不必，回顾城市发展的历史，很多现代城市人的父辈、祖辈，甚至再向上追溯几辈，都是进城的农民。他们离乡背井走入城市，做苦力，学手艺，做小本生意，图生存，求发展，成家立业，繁衍子孙，一代又一代，用自己的双手创造着城市的文明和辉煌，推动着城市的发展和进步。凡是一座城市在大规模开拓和发展时期，都会有大量移民迁入，他们用勤劳和智慧，雕塑起城市的丰碑。如今我们正处在经济高速发展、社会结构发生巨大变化的历史时期，农民工进城加快了城市建设，推动了城市经济的发展，他们的贡献功不可没。

　　关注和善待农民工是城市文明的体现，给农民工一个平等地位，是建设和谐社会面临的一个现实问题。

老街筑影

私宅

　　老哈尔滨的私人住宅有中式、西式两种。西式住宅有庭院，院内有丁香、榆树等树木。平房多木制，墙有板夹泥的，富有色彩。也有住小洋楼的，现中山路、革新街以南，错落在路旁的小楼，多是有钱阶层的私人住宅。其中一座著名的灰色欧洲古堡式建筑，就是当年任黑龙江省铁路交涉局总办的马忠骏先生的公馆。

　　日伪时期，马忠骏先生辞官不做，迁入位于香坊被称为"马家花园"的私宅中，取名"遁园"，过起隐居生活。"遁园"占地二白余垧，完全是中国传统庭园风格，除种有果林外，还有鱼池、石碑、亭台楼阁，有吟诗作画的"晚稼轩"，园内到处刻有对联、条幅，还有题名和匾额。

　　马忠骏先生这两处住宅，一洋一中，是哈尔滨民居建筑中最有代表性的两处。

　　这里讲的是市民阶层颇有代表性的一处民居——胡家大院。这是一处比较典型的新兴的城市民居大院。二进的院落，二层的楼房，宽敞明亮，深而不藏。第一进的院落结构严谨，呈横向长方形，大门内两侧有对称的曲回向上的楼梯，楼上有外廊，檐沿下有密织的椽条装饰，居室大门大窗，显示主人的富有。二进的院落面积较大，呈纵向长方形，四面是二层楼房，也是外楼梯、外走廊。从总体看，胡家大院气魄宏大，布局讲究，外部装饰也精巧，是四合大院中的代表建筑。这大院的主人叫胡润泽，这里原是这位胡先生的私宅，所以称"胡家大院"。关于这类民居大院的所长所短，我在一篇文章里谈到过，但作为私人住宅，其建筑规模、布局结构，大而不曲，深而不藏，仍然受限于新兴城市商业开发的建筑思想，没有摆脱商市建筑的影响。

二十世纪初，靖宇大街分为两段，从景阳街起至十四道街为正阳街，从十四道街起至二十道街为新市街，俗称"四家子"。二十世纪二十年代先后开始大规模营造"四家子"，崛起了以十六道街为中心的新的商业区和居民区，胡家大院就是在这个时期形成，具备了地域区位方便、房屋设计更趋成熟的条件。

胡润泽是一位专事房地产业的士绅，除了拥有大量的房地产外，还在十六道街修建了"华乐茶园"，这是一座砖木结构的民营剧场，以演评剧为主。剧场分三层，设有雅座、包厢，普通席位为长条凳，舞台装饰讲究，檐沿为三层，镂刻花鸟人物，华丽精美，是当时重要的娱乐场所。

哈尔滨拥有私人住宅的很多，但在建筑风格和居住条件上，大体也就这几类。

大杂院

　　说到哈尔滨的建筑风格，都会想到欧式街道、洋楼，人们忽视了在哈尔滨老房子中，还有一种有特色的民居——大杂院。这种建筑一面临街，有一个大门洞，进去后是四合的格局，多是二层楼，也有三层楼的。和欧式的封闭楼房不同，这样的大院一般是外楼梯，楼上是开放性的檐廊，檐沿是镂空的飞罩，檐廊护栏和楼梯都是木质的，立柱多旋成瓶状，檐廊和楼梯都漆成墨绿或紫檀色，有的大院在正对大门处立一块影壁。如今，这些装饰已显斑驳憔悴，已是风烛残年，但仔细观察仍见盛年神采。这种大院面积不一，小的住几家，大的住十几家甚至几十家。这种大院有着中原地带四合院的格局，但是缺少那种四合院的严谨，是中原文化和城市移民文化的结合体。

　　这是一种开放性的城市民居建筑。住户一家挨着一家，门挨门，户挨户，没有遮掩，没有迂回，从大院任何一个角度看，四顾一览无余。谁家来了客人，谁家主人脸色的阴晴，谁家饭桌上多加了一道菜，都会映入众人的眼帘，很难有个人的隐秘可言。

邻居处好了，亲如一家，张家包饺子，送给李家一碗，李家炖鲜鱼，送给张家一条。谁家有事，不用打招呼，邻居就会过来帮忙。远亲不如近邻，近邻不如对门。邻居处不好，麻烦就大了，你的垃圾桶占了我的地盘，我的煤坯被你踩碎了好几块。女人斗嘴，孩子打架，谁也躲不开谁。

一个时期一个地方的民居建筑，总是反映一个时期一个地方居民的生存心态。当初哈尔滨作为一个新开发的城市，迁入大量的移民，这些闯关东的平民百姓，或学生意，或做苦力，离乡背井，深知"在家千般好，出门事事难""在家靠父母，出门靠朋友"的道理，不得不改变传统的"鸡犬相闻，老死不相往来"的生活习惯。他们渴望交流，躲避孤独，也没有条件重建独门独户的住宅，这种开放式的居民大院成为他们理想的栖息处。

上世纪末和本世纪初，正是大规模开发东北的兴盛时期，许多移民身背肩挑，拖儿带女，长途跋涉，闯出风雪交加的山海关，向东北腹地进发。他们在极其艰苦的条件下生存下来，开发了这片荒凉而肥沃的土地。无论是落户农村，还是进驻城市，严峻的现实生活都铸造了他们粗犷、豪放、务实，亲帮亲，邻帮邻，有福共享，有难同当，为人肝胆相照，为朋友两肋插刀的刚烈性格。大杂院文化正是这种生存状态的产物——开放、坦荡，无遮无掩的生活方式，亲密无间的人际关系。当然，这种居住条件也构成了人际关系过分亲密而产生的计较、争斗和嫌隙。尽管老一代移民已经习惯了这种生活方式，对大杂院充满了亲情，一旦迁入新居，离开休戚与共的邻居和能聊闲天的老姐妹，大有故土难舍的失落，但年轻人却不以为然，一有机会就逃也似的冲出大杂院，住进现代化新居，大杂院毕竟落后于时代。

大杂院是哈尔滨建筑史上一个独特的景观，值得建筑学家、民俗学家们关注，典型的民居大院也应得到适当的保护。

大白楼

在道里区尚志大街74号，有一座三层高的乳白色欧洲古典式建筑，装饰精美，典雅庄重，在哈尔滨欧式建筑群中，是品位较高、颇具代表性的建筑精品。这栋建筑在历史上是商业大楼，和市民的生活有着密切的联系，人们习惯称其为"大白楼"。大白楼始建于1924年，从样式到规模都是仿造当时俄国列宁格勒（现名圣彼得堡）金斯卡娅大街上的一家著名百货商店而建，是哈尔滨有名的老字号，专事经营呢绒丝绸的商店"公和利"的旧址。

"公和利"的创办人刘汉章，是山东黄县黄山馆人，家境富裕，拥有大量土地。但刘汉章不愿务农，一心想在工商业上发展，他先闯旅顺，寻求创业之路。在考察旅顺市场时，他看到当地缺少棉布，于1899年以"公和利"为招牌，办起了纺织厂，以底层市民和农民为市场，生产销售棉布。由于产品对路，几年时间就发展成为一个拥有一万两白银资本金、60名工人的大厂。日俄战争期间，物资匮乏，战争双方都需要棉布，更促进了"公和利"的发展。但日本作为日俄战争的胜利者，最终控制了南满的经济命脉，大量倾销日本商品，严重威胁到南满地区民族工商业的发展。刘汉章不愿看到自己辛苦经营发展起来的工厂被日本人侵吞，几度转移资金，除移回山东老家外，他看中了哈尔滨。

1904年，刘汉章来到哈尔滨，在现在的尚志大街74号（当时称"天道街"，后改称"新城大街"，解放后改此名）建起了有500多平方米、前店后厂的"公和利"。当时哈尔滨处于开埠初期，又逢欧洲发生第一次世界大战，哈尔滨民族工商业得以迅速发展，"公和利"也在这一背景下壮大起来。他很快改变了前店后厂的传统做法，关闭工厂，扩大门市，专事经营呢绒丝绸商品，又于1924年大兴土木，修建了这栋"大白楼"，一楼经营日杂百货，二楼经营中高档布匹和丝绸，三楼经营欧洲和日本呢绒。"公和利"破除前店后厂布局后，将工厂外迁，在一面坡办了"公和利"火磨，利用原有设备在道外区办了"共和彩"印字厂、"利记"袜子厂等。"公和利"的经营发展，一直到伪满当局实行经济统制初期，都还处于上升趋势。

总结刘汉章经营成功的经验，有两个因素很重要：一是善用人，管理严格；二是在利润分配上兼顾劳方。一般来说，资劳双方的利润分配都采用"六四开"或"七三开"的原则，而"公和利"采用的是"四强比六弱"的分配原则，即全年利润中，资方拿取四成多一点，劳方获得六成少一点，这种分配方式大大调动了参与经营者的积极性。在企业的宏观管理上，刘汉章审时度势，因势利导，重视市场行情变化，所以在风云多变的市场风浪中始终处于主动地位。

但在日本侵略者的统治下，一个工商业者的能力是有限的，太平洋战争爆发后，日军为了扩军参战，疯狂掠夺中国资源，大量发行债券，到日本投降前夕，"公和利"被迫购买的债券已占到其全部资金的45%，为了减轻员工的负担，这些债券全部由刘氏家族承担，最后导致了"公和利"破产。

道台府

　　道外区原称"傅家甸"，是哈尔滨形成较早的街区。1903年中东铁路筑成后，俄方强行将铁路沿线地区划为俄方行政属区，道外区与中东铁路属区埠头区（道里区）、秦家岗（南岗区）并存，成为区域政治、经济和文化的中心，当时隶属吉林省。

　　作为一个新开发的商埠，哈尔滨发展迅速，建造房屋，开拓街道，兴办实业，为了吸引人力聚集和物力投入，商业和娱乐业迅速崛起，到1905年，中外移民已达25万人。初具规模的新兴城市，民政、司法、税收都需要管理，涉外事务也日益增多，亟需建立相适应的行政机构。当时的黑龙江将军程德全、吉林将军达桂联合奏请朝廷批准，于1905年在傅家甸设置了滨江关道，除管理地方行政、司法、税收，统辖依兰府治区外，还兼管黑龙江和吉林两省的交涉事务。滨江关道设正四品道员一名，第一任道员为桂学瀛。

　　滨江关道的道署就设在今道外区北八道街，坐北朝南，高墙深院，青砖青瓦。正门内有高大的照壁，前院主体建筑是大堂，抱厦上悬"公廉"，大堂内除设有作台，书有"肃静""回避"的高脚牌和仪仗等一应俱全。西侧院落是监狱，青砖高墙，壁垒森严，让人望而生畏。大堂后是飘着粉香的官眷的宅院，女眷深居简出，偶有红绸绿缎在门内闪现，点缀得这森严的衙门流露出几分生气。每天出入道台府的，除了戴着红顶帽子，穿着马蹄袖官服，表情严肃的官员外，也常有些穿着礼服，系着领结，戴着白手套，拿着手杖的洋人来这里办理交涉。这期间俄国、日本、美国、法国等国家先后在哈尔滨设立了领事馆，涉外事务增多，俄方"侵衅"事件有增无减，滨江关道成了当时重要的外事机构。1907年，随着哈尔滨的迅速发展，地方行政事务繁杂，又设置了独立机构滨江厅，并设江防同知一员，管理哈尔滨地方事务，仍隶属滨江关道。

　　清末民初，地方机构频频变化，1909年，滨江关道改称"吉林西北路分巡兵备道"，辛亥革命后"道员"又改称"观察使"，其府址也于20世纪20年代迁走。

　　现在寻找道台府旧址，在历史的斑驳中很难辨识其风貌了。在道外区北环路以北十八道街和十九道街中间，有一片叫"建业巷"的棚户区，在曲折弯转的巷子深处，有几处还残留着青砖青瓦的房子，低矮破旧，斑斑驳驳，就是当年气势巍然的道台府陈迹了。伪满时期，这里曾是日伪江上军的驻地，日本投降后一度废弃，其主体建筑遭到严重损坏，成了一片荒园。1957年洪水期间，江心岛被淹，岛上居民迁来这里建房定居，渐渐形成目前这样一个拥挤的棚户区，道台府也就淹没其间，不复存在了。

北市场

　　在道外区北五道街和北七道街之间，原来有一个南北向的胡同，中间有长春街横穿而过，那一带是市民娱乐的场所，俗称"北市场"。市场里设有茶馆茶社，鳞次栉比，都有艺人在里面设场演出，节目有大鼓、评书、河南坠子、二人转、皮影戏、戏法等。市场内外还有卖小吃的、算卦的、修脚的、点痦子的，也有打把式卖艺的、耍猴卖药的，五行八作，无奇不有。这里无昼无夜，人群川流不息，吆喝声，叫卖声，还有不时地从茶社里传出的锣鼓器乐声不绝于耳，成为都市生活的一大景观。

　　这里是哈尔滨曲艺的发祥地，不少曲艺界老艺人在这里演出走红，当年说评书的张文曾、于德海、王雅轩，唱西河大鼓的范动亮，唱东北大鼓的郝云霞、郝云凤，说相声的"冯瞎子"，都在这里红极一时，深受观众的喜欢。伪满时期，唱东北大鼓的王玉兰、王玉卿姐妹在北市场落脚，她们擅长说唱"段子"，故事传神，嗓音圆润，做唱俱佳，出场时茶社座无虚席，一时成为佳话。1937年，伪满当局搞"四一五大检举"，竟将王氏姐妹以

"反满抗日"的罪名逮捕，后押往北安，下落不明。当时，有传她们被日本宪兵杀害于狱中。

解放后，评书艺人孙阔英、袁阔成、尹阔良，相声演员师世元、高玉琴夫妇，还有冯大全、王长林、常福全，都曾在这里登场献艺，名噪一时。

在北市场还有一种吸引人的表演是魔术，俗称"变戏法"。有的魔术艺人租屋开魔术馆，设"戏法老铺"，有的露天摆地摊。老艺人中有王东升、岳素珍、赵世魁（艺名"十三刀"）、于世文（艺名"快手于"），他们有的父子上阵，有的全家登台，各有各的绝活，自成一派。有的艺人表演结束后，还传授一两样"变戏法"的小招数，满足观众的好奇心，很有吸引力。

在旧社会，北市场既是民间艺术荟萃之地，也是藏污纳垢之处。市场里设有妓院、赌馆、烟馆。妓院有"艳春里""福安里""大观园"等十几处；赌摊、宝局无数，他们用"赶老羊""黑红点""套白狼"等手段引人上钩，一旦迷上赌博，那里就成了扔钱的无底洞。即便不赌不嫖，兜里有钱也会被"惦记"去。有一个码头工人，怀里揣着血汗工钱来逛北市场，转了一圈没舍得花，出来时发现钱已经没了，被人掏了腰包。这位码头工人很气愤，发誓要抓住小偷，他用旧纸叠成钱状揣在怀里，第二天又去了北市场。他从南门走到北门，也没发现可疑的人，可一摸腰包，揣的"钱"已经不见了，气得他跺脚顿足，从此再不去北市场。

随着城市的发展，时代的变迁，北市场消失了，改成了居民区。市民的文化生活也发生了变化，不再仅仅满足于别人演，自己看了。如今在松花江边、市区广场，自娱自乐的秧歌队、交际舞、迪斯科舞、还有健身的元极功舞等随处可见，更不用说唱卡拉OK和去舞厅跳舞了。

一个时代有一个时代的风尚。

老江桥

　　古来修路，逢山开道，遇水搭桥，修筑铁路也不例外，中东铁路初步设计线路时，拟定的铁路行政中心和铁路桥在松花江上游的吉林省扶余一带，后来经过勘察，才确定在哈尔滨这一地理位置上。这座松花江第一铁路大桥的修建，成为哈尔滨崛起和发展的见证。大桥于1900年5月7日动工，1901年10月2日竣工，历时一年六个月，因大桥的历史悠远，哈尔滨人习惯称其为"老江桥"。

　　老江桥为钢筋架墩结构，全长1050米，宽7.2米，有19个桥孔，远远望去，大桥横跨松花江南北，气势宏大，甚为壮观，是早期哈尔滨江上一景。但大桥初建时，因为钢筋质量差，承受力不足，通车十三年后，钢筋架上多处出现细小裂纹，为保证大桥和通行安全，不得不将火车上桥的速度限制在30公里每小时。1928年，由俄人斯阔达承接，对老江桥进行了一次大修，但并没有解决根本问题。解放后的1962年，政府又对老江桥进行了一次全面检修，撤换了旧的钢筋梁，架设了国产的跨平弦穿式钢梁，铲除了部分桥墩，并在两侧加修了宽一米二的人行副桥。加固后的老江桥，火车上桥的速度达到50公里每小时，也增添了行人过桥的便利，使老江桥焕发了新的青春。老江桥的铁路延长线穿过市区，面向大桥，以铁路为界，人们以里外手的习惯，称铁道西向为"道里"，铁道东向为"道外"。20世纪50年代，正式确立了以铁道为界的道里区和道外区的行政区划。

老哈尔滨人都知道，修建老江桥时，出现过包工头姚锡九溺死建桥工人的惨案。当时姚锡九为了达到聚敛财富的目的，在他承包的桥墩工程即将完工时，不择手段地将水下沉箱的排水管抽出，一时汹涌的江水灌进沉箱，使得还在水下作业的几十名工人死于非命。他以"意外"事故为借口，向建桥方索要到每位死者600元的抚恤金，并将这笔钱占为己有，发了一笔血腥的黑财。这一事件在社会上引起了极大震动，流传甚广。著名剧作家曹禺在创作话剧《雷雨》，塑造剧中人物周朴园时，为了生动刻画周朴园凶狠狡诈的内在性格，借用了这一素材，不仅令姚锡九的罪恶传遍了大江南北，也深刻揭示出不法资本家积累资本的血腥历史。

姚锡九是山东黄县人，1881年生，生前居住在道外区十三道街的"姚家大院"（后为道外区教委大院，现已动迁）。姚锡九初来哈尔滨时做小本生意，后与社会上黑势力结盟，贩卖毒品，开设赌馆和妓院，大发不义之财。聚敛大量财富后，他广泛购置房产，在道外区太原街、桃花巷、七道街、十道街、十三道街、十四道街、十五道街，南岗区大直街、巴陵街都有"姚家大院""姚家大屋"。日军占领哈尔滨后，他投靠日伪政权，更是有恃无恐，与日伪狼狈为奸，抢男霸女，图财害命，无所不为，成为地方上的一霸。

一座城市的崛起，给工商业者提供了开辟市场、大展宏图的机遇，涌现出许多爱国利民的优秀人才，他们为哈尔滨的建设和发展做出了贡献。但泥沙俱下，鱼龙混杂，也出现了像姚锡九这样见利忘义，甚至不择手段牟取暴利的败类。江水滔滔，川流不息，老江桥作证，历史是公正的，姚锡九最终被推上审判台。

胡家大院

我曾在一篇介绍哈尔滨建筑风格的文章里专题写过大杂院的情况，对大杂院的建筑特点和文化溯源谈过一些看法。在这座曾是中外市民杂居的移民城市里，这些体现中国移民建筑风格的大杂院，四面环绕，外楼梯，外走廊，一家挨着一家，无遮无拦的格局，反映出移民城市的居民渴望交流、相互依存的心态。这种建筑格局与欧式封闭式楼房有着明显的区别。这种大杂院都有一个临街的大门，过去这种大门在夜里都会上锁，有专人夜里负责锁门，落锁的时间多以夜场戏散场为准，谁家人回来晚了，都要敲门，所以一般居民夜里都会准时回家，不愿意去惹那道麻烦。

这种建筑格局让人想起南方一些省份客家人的建筑，如以大家族为单位的圆形土楼作为外来移民的居所，高而深藏的大院，在格局上显示着内部亲密无间的特点。哈尔滨的大杂院虽然不是以家族为单位，而是来自四面八方的移民，但这种生存氛围，容易形成"有堵墙是两家，院门锁上是一家"的心态，具有对内开放融为一体，对外严密防范的特征。

早期哈尔滨道外区是以中国居民为主体的居民区，这种格局的大杂院非常多，靖宇街49号大院是一个有代表性的院落，位于靖宇十八道街和十九道街中间路北一侧，临街有一大门洞。这是一个二进的院落，进院后是一个严谨的二层楼房的四合院落，呈横向长方形，四面是二层楼房，院内有对称的两个曲回向上的楼梯，其中一个楼梯是跨过院子，连接两面外廊的。楼上的外廊、木质护栏、檐沿下有密织的图案形椽条。在中轴线对面，有二进的门洞，第二进的院落较大，呈纵向长方形，四面也是二层楼房，建有外楼梯。这种二进院落结构严谨，布局讲究，装饰精巧，既保持了传统建筑的特点，又融入了新兴移民城市的风格，值得城市建筑学家和民俗学家研究。这个典型的大杂院建筑群落也值得保留下去。

这个始建于20世纪20年代的大院被称为"胡家大院"，原为房地产商胡润泽所有。这位富有的胡先生早年居住在大院内，他妻妾成群，形成一个大家族，后来家道中落，举家迁出，房产易手后成为普通居民租住的大杂院。据当地老居民讲，这位胡润泽先生乐善好施，多次资助慈善机构，人们往往拿这位胡先生和当时也经营房地产的姚锡九相比较，可见胡先生口碑较好。胡家后人至今仍有人居住在哈尔滨，1996年我写过一篇关于哈尔滨私宅的文章，胡家后人曾来我处访谈，说起往事，颇有感慨。

寻找十字街

中国传统的城市街区布局为"棋盘式"，东西南北走向，城市中心为大十字街，十字街的尽头为东西南北城门，十字街设有钟鼓楼，近代城市的十字街多集中商铺，为商业中心区。哈尔滨道外区早期为滨江县，是独立于中东铁路辖区外的行政区，隶属吉林省，其街区的形成和发展，自然受到传统街区设置的影响。

滨江县（道外区）早期的十字街在哪儿呢？道外区的街区雏形，起源于元宝巷（平原巷）、裤裆街（天一街）、安福街（头道街）、桃源巷（桃花巷）、延爽街（解放后减并街巷时取消）一带，这一带地势高，不受江水泛滥的影响，是道外区最早形成的居民点之一。相传傅家兄弟傅宝山、傅宝善开的店铺就在安福街和延爽街交叉口处，1898年中东铁路勘察人员来到哈尔滨时，这里已经有了居民村落、商业网点和原始街道。滨江县最早形成的街巷也当属上述几条街。

老哈尔滨人都知道，现在的承德广场一带俗称"西门脸"，是进入滨江县的主要路口，从这里穿过桃源巷，进入安福街，就是当时的商业中心区，是设置十字街的理想之地。尽管这里是早期形成街巷的风水宝地，但因街巷狭窄，道路弯曲，向东虽有南勋街和太古街，往南却被裤裆街和元宝巷横截，形不成主干路，这一带就失去了形成十字街的历史机缘。安福街只有由此向北发展，形成一条南北向主干大街，这样十字街的位置也由此北移，设置在安福街和正阳街（靖宇街）交界处了。按着旧时对十字主干街的习惯称谓，安福街就有了别名，正阳街以北俗称"北大街"，正阳街以南俗称"南大街"。

本世纪初，安福街已经成为一条繁华的主干街。据资料记载，哈尔滨早期比较有名的商业店铺大都从这条街起步。1901年武百祥两次到哈尔滨经商，就住在安福街上一个被称为"李师爷"的开办的"裕成庆"客店里。第二年他第三次来哈尔滨时，住在桃源巷一个叫"薛老静"的开办的烟馆里，他摆地摊卖小百货，挎"落子"走街串巷卖香烟、糖葫芦，也是活动在这一带。1903年，武百祥与人合伙办"仝记"杂货店，同样选在了安福街上。1902年天津北塘人张仁在北大街开办的"张包铺"（现"张包铺胡同"内），店址设在安福街与延爽街交叉路口，据说就是在原傅家兄弟开办的"傅家店"原址上，翻新盖了二层楼房。这条街上，还先后开办了"天丰涌""天丰源""源永""永来盛"等近50家经营百货、绸缎的商铺。确定早期道外区中心街区的方位，便形成了安福街与正阳街交界处的大十字街的位置。

寻找十字街，是为了追寻城市发展的历史轨迹。道外区的街区起源于安福街的南端，安福街成为早期的中心大街，并以大十字街为中心，开始了有规划的大规模开发。正阳街向西，受到当时行政街区的局限，西起现在的景阳街，往东发展到十四道街（旧称"西傅家区"），南北两侧形成了"棋盘式"街道。20世纪20年代开发"四家子"，又形成了以十六道街为大十字街的新街区（旧称"东傅家区"），贯通了以景阳街为起点，到二十道街为终点的正阳大街。随着城市的发展，正阳大街（靖宇街）取代了安福街（头道街）成为道外区的主干商业大街。

走过方石路

除中央大街之外，哈尔滨还有过许多条石头铺成的马路，但随着岁月的流逝，现在只剩下这一条了。这条用方石铺成的马路，经过数十年的踏磨，显得光滑凝重，历史的车轮从它身上碾过，留下了无数的沧桑记忆。百年前，这里集聚了一大批中国筑路工人，劳作之余在这里搭屋建房，立灶生火，熙攘之间形成了街巷的雏形，那时的中央大街被命名为"中国大街"。

后来中央大街的地理位置被商家看中，投资者纷至沓来，建楼设店，开始他们的经营活动。来这条街开埠经商的多是欧洲移民，这条街上的建筑风格和经营方式也都带上了异域色彩，这种色彩流传至今，使这条街成为这座城市的风情标志，吸引着中外游客。

如今走在这条方石铺就的繁华大街上，犹如走进欧式风情建筑的博物馆，鳞次栉比的商铺，熙熙攘攘的人群，这里有慕名而来的八方游客，更多的是来这里休闲购物的本地男女。尽管他们有不同的年龄，不同的职业，不同的生活背景，但当融入到这有着浓浓的商业气氛的街头时，他们脸上所流露出的对生活的热望常常会感染到我这个不大习惯逛街的人。踏着这方石铺成的马路，徜徉于红男绿女之间，我常常想起20世纪30年代，曾在这条街上匆匆行走过的从事文化工作的几个年轻人。

家住商市街的萧红和萧军，经常往来于这条方石铺成的马路上，他们为生活奔波，找工作，找饭吃。在这条街上行走的多是外国人，萧红有过非常具体的描写："中国人来混在这些卷发人中间，少得只有七分之一，或八分之一。"尽管商市繁华，但饭还是难找，他们教人武术，教人古文，帮人画广告，四方奔波，八处碰壁，有时连填饱肚子的小钱都没有。但吃饭毕竟是一种难以抵挡的诱惑，饥肠辘辘的萧红看到人家门前悬挂着的面包圈，甚至生出"偷"的念头。这虽然只是一个念头，但这念头在这位后来蜚声海内外的青年女作家心里留下的磨砺那样刻骨铭心。生活的拮据并没有使这对生活在繁华闹市的贫困夫妻气馁，这条方石铺成的马路留下了他们深深的印迹，他们写信，联系出书，去"星星剧团"演戏。

当时的"星星剧团"凝聚了一批青年文化精英，金剑啸、罗锋、白郎、舒群等青年作家都是剧团的骨干，他们的名字和这座城市的文化史紧密相连。这一群青年人的激情和活跃的身影引起了日伪当局的记恨，在这条方石铺成的繁华街道上，常有鬼魅般的特务跟随在这些热血青年的身后，剧团里开始有人"失踪"，这让这群青年愤怒，也让他们恐惧。在高压政策下，萧红、萧军还有"星星剧团"的不少人都告别了他们热爱的这座城市，告别了他们熟悉的这条方石铺成的马路，远走他乡。而留下来坚持抗日的金剑啸后来被捕，牺牲在日本侵略者的狱中。

今天这条方石铺成的大街上生机勃勃，人们向往着也在创造着美好的生活，彩色的灯光、琳琅满目的商品、悠闲的人群、丰富多彩的文化生活，显示出这座城市的富足。漫步在这条街上我常会想，一条街就是一座城市的历史，它的斑驳陆离，它的跌宕起伏是这座城市的缩影。我祝愿，面临新的历史机遇，掌握了城市命运的哈尔滨人会让它变得更美好。

城市博物馆

　　博物馆是一座城市的重要人文景观，是展示地域文化的窗口。地处哈尔滨南岗区红军街与满洲里街交界的黑龙江省博物馆，是哈尔滨历史上最早的博物馆。这座位于广场一侧，有着红屋顶的巴洛克式建筑，始建于1906年，原为莫斯科商场，是一个综合性的商业中心，1923年辟为博物馆，正式对外开放。

　　20世纪初，随着大规模开发黑龙江，这座城市面临着历史文物和自然资源的研究和保护问题。1922年，当局成立了以王景春为主席的东省文物研究会，汇集了中俄专家120余人，设立了历史、自然、地理等十几个小组，开展考察研究工作，广泛征集文物，发表学术著作，并在此基础上建立了博物馆。王景春当时刚接任中东铁路公司督办，还是一位古瓷器鉴赏专家，个人收藏颇丰。他热心公益事业，和哈埠巨贾武百祥一起合办过商业夜校，这种集官僚和学者于一身的角色，无疑有助于文博工作的开展。到博物馆开放时，已经征集到藏品、展品一万多件，其中就有王景春捐赠和借展的历代瓷器几十件。

解放后，哈尔滨文博事业有了很大发展，建立了不少专业性博物馆，如革命历史博物馆、东北烈士纪念馆、民族博物馆，还有毛泽东、周恩来、刘少奇、朱德视察黑龙江省纪念馆，侵华日军731细菌部队罪证陈列馆等，形成了展示历史、荟萃文物、弘扬文化的馆所网络。其中一部分博物馆，是利用原建筑的历史价值开辟的，如东北烈士纪念馆。此馆始建于1928年，原为东省特区图书馆，1933年日本军国主义在这里设立伪警察厅，成为血腥统治中国人民、关押抗日志士的魔窟。抗日烈士赵一曼，就是在这里同侵略者进行了最后的斗争。在这里开辟烈士纪念馆，对勿忘国耻，激励后人，开展爱国主义教育有着深远的意义。侵华日军731细菌部队罪证陈列馆，也有着同样作用。

　　利用现有的文化景观开辟博物馆，也是一举多得的办法，由文庙辟为民族博物馆，既很好展示了古建筑风格，又丰富了建筑内涵，成为引人入胜的旅游景点。

　　一座城市总有它历史沿革的足迹，有蓬勃的青春气息，也有深邃的年轮风采，一条有代表风格的街道，一座有文物或艺术价值的建筑，都是一个文化城市的风景，从更宏观的视角看，也是城市大博物馆的重要构成。在近年来兴起的大规模城市改建中，建起了很多现代化的高楼大厦，令哈尔滨充满了现代化的勃勃生气，但也出现了一些顾此失彼的现象，破坏了城市建设的整体风格，损伤了有重要价值的历史建筑。由此想到索菲亚大教堂的命运。地处道里区透笼街的索菲亚大教堂，1923年破土动工，历时十年于1932年竣工，是哈尔滨现存的众多教堂中规模最大的一座。教堂砖石结构，气势宏大，在尚有"教堂之城"称谓的哈尔滨，它被群楼包围，闲置多年。如果把它辟为建筑博物馆或宗教博物馆，不仅能为哈尔滨的城市旅游增加景点，也会为哈尔滨建设文化名城添上独特的花絮。

太阳岛风情

凡是到过哈尔滨的客人，多去过太阳岛，凡是久居哈尔滨的人，常去太阳岛。太阳岛是哈尔滨著名的风景区。

夏日的太阳岛游人如织，或偕家人，或伴好友，来到这里游泳，洗江水浴，划船，集聚在树荫下的草地上唱歌，跳舞，游艺，野餐，尽情享受大自然风光，洗涤城市尘嚣带来的疲惫。

对于喜欢亲近自然的人，春秋更是好季节。春华时节，丁香盛开，垂柳拂水，桃红柳绿，勃发生机，清新的空气滋润着肺腑，游人漫步岛上，置身花木丛中，听鸟语，闻花香，踏青采风，忘情于自然，置尘世于脑后。秋实季节，太阳岛上别有一番风韵，高大的榆树、杨树，丛生的丁香、樱桃，风霜染过，生出斑斓的色彩。长满青苔的池水，幽静的小路，都铺满落叶，景色凝重深邃，游人登岛，独享远尘的宁静，天凉好个秋，十分惬意。春秋季节太阳岛游人较少，这儿也是垂钓者的天堂，江边树下，一顶草帽，几支鱼竿，守心端坐，凝视着水面，静守那一份期待，偶有所得，锦上添花，闲情逸致，连神仙都羡慕不已。

哈尔滨不是一座古城，太阳岛上没有汉唐遗风、千年古刹，一些外地客人不明其详，站在太阳岛上寻找太阳岛，颇为失望，感叹看景不如听景。其实，太阳岛的价值在于在现代都市的咫尺间有一块绿地，人们在喧嚣的都市生活中奔波忙碌，负重的心灵渴望一种短暂的安宁，这里的每一棵树，每一片草地，都是都市人的憩园，滤净尘埃，散发清新。一江一岛，成为哈尔滨人返璞归真的乐园。

据专家考证，当初"太阳岛"的称谓是指靠近松花江北岸的一个小岛，岛上灌木丛生，水边沙滩开阔，是一处天然游泳场。哈尔滨形成一座现代城市后，许多人利用闲暇来这里休息娱乐，在江水里游泳，在沙滩上晒日，其中侨民居多，大腹便便的绅士、苗条的淑女、嬉戏的孩童，随之也有了金发碧眼的小商贩，彩色阳伞下卖面包、红肠、啤酒、汽水的女郎，娇声细语招揽生意。再后来，有人在松花江北岸的树丛中建筑洋房别墅、饭店酒楼，渐渐形成了一个风景区。今天漫步在太阳岛上，在绿树怀抱着的小街小巷两侧，仍然可以观赏到造型别致的小洋楼，用木栅栏围起的院落，深处是红顶黄墙、带外廊的洋房，每逢花季，姹紫嫣红，家家都在花丛之中，尽显太阳岛早期建筑的风韵。

近年来，在太阳岛开发建设中增设了一些人工景点，这些景点以绿色为主，或花或草，或亭或榭，小桥碧水，高低错落，给太阳岛增添了新的光环，特别是冬季，雪雕、冰雕落居太阳岛，使以往冬季冷清的太阳岛变得热闹起来。

在太阳岛的开发建设中，也留下了一些遗憾，有的景点人工痕迹太重，与天然公园不和谐，让游人感到不舒服。在疗养区，一些新建的疗养院风格别致，新颖精巧，让人赏心悦目，但有的建筑群过于密集，缺少环境绿化，向城市化倾斜，失去了绿地的特色。

老街街名变迁

　　20世纪末，中东铁路在哈尔滨修筑了东北最大的交通枢纽站，使哈尔滨成为水陆两便的商埠。火车一响，黄金万两，二十几个国家的十几万侨民涌入这座城市，其中不乏一些政治上的野心家、逃亡的将军、腰缠万贯的投资者、闯入中国谋生的平民。这些侨民居住在中东铁路管理局控制的南岗区、道里区，这一带出现了以侨民国和地区命名的街道，如俄国街、日本街、高丽街、蒙古街、比利时街、罗马尼亚街、巴尔干街、高加索街、华沙街；也出现了富有侨民文化和宗教色彩的街名，如果戈里街、涅克拉索夫街、罗蒙诺索夫街、教堂街、希腊街；还有带有耀武色彩的街名，如炮队街、哥萨克街、卫戍军街、军官街、旅部街、营部街、连部街、莫斯科兵营街等。共一百多条街有俄文街名。

　　早期道里区靠松花江边的地方，是一片荒凉的墓地，中东铁路修筑时，俄军为了对抗清军和义和团曾在这里驻有炮队和哥萨克骑兵，形成街巷后，这儿便成了"炮队街"和"哥萨克街"。

还有一个让哈尔滨人感到耻辱的街名叫"霍尔瓦特大街"。霍尔瓦特曾任中东铁路管理局局长，原是沙皇军队中的一名上校，因在中国推行沙皇的殖民政策有力，晋升为少将。在他的主持下，制定了《哈尔滨自治公议会章程》，以"自治"的名义控制了哈尔滨部分地区和中东铁路沿线的行政管理权，拥有军队、司法机构、警察局，有权征收税款，贩卖土地，甚至视中国居民为侨民。"公议会"的"议员"绝大多数为俄、日、英等国家的人，"官方语言"为俄文，当时的"公议会"把火车站前的一条大街命名为"霍尔瓦特大街"。霍尔瓦特的行径引起中国人的强烈愤慨，1920年哈尔滨爆发了"驱逐霍尔瓦特"的运动，工人罢工，商人罢市，市民集会声讨，最后霍尔瓦特逃离哈尔滨，死在北京。

在中东铁路修筑和使用的过程中，中俄两国政府一直进行着控制权之争。中国政府先后收回了中东铁路管理局所控制的司法、土地管理、江河航运邮政、电信等权力，解散了军队，并于1925年全部更改了俄文街名，如"霍尔瓦特大街"改名为"车站街"，"哥萨克街"改名为"高士街"，改名后的绝大多数街名沿用至今。1926年，张作霖与北京政府脱离行政关系、主持东北军政后，强行解散了俄人把持的"公议会"，全部收回了哈尔滨的行政管理权。张作霖作为一方军阀、一代枭雄，其历史功过自有评说，但在收回哈尔滨的行政管理权上确实做得从容和果断。

修筑中东铁路是清政府被迫开放东北的结果，中东铁路通车吸引了国外和关内大量人力和财力的投入，促进了东北地区的开发和繁荣。由于沙皇怀有吞并东北的野心，中国国力的虚弱，给这种经济开放涂上了浓重的殖民色彩。历史没有样板可以仿效，但后人可以从历史的伤痛中吸取教训。哈尔滨街名的变迁，是哈尔滨历史的写照，日本投降后，为了纪念抗日战争的胜利，纪念因抵御外国侵略而牺牲的英烈，哈尔滨又将部分街道重新命名，如"新城大街"命名为"尚志大街"，"水道街"命名为"兆麟大街"，"山街"命名为"一曼街"，"车站街"命名为"红军街"，"正阳街"命名为"靖宇街"。

"文革"中，哈尔滨曾有过一次大规模的街道更名，那不过是历史的烟云，一现的昙花，这里我就不赘述了。

剧场文化今昔

　　剧场文化是城市商业发展的产物，也是市民文化生活的重要形式。20世纪初哈尔滨商埠形成后，市民的文化生活出现了比较繁荣的局面，但初时规模较小，多是在茶园里演出，有大鼓、皮影、相声、戏法、双簧，也有京、评剧演出，受舞台局限，很难形成大的气候。

　　为了进一步繁荣市场，吸引商业投资，上世纪20年代初和群公司在道外区十六道街修建了哈尔滨第一家大剧场——大舞台。大舞台开幕时，为了招徕观众，请了沪、津名伶来哈演出。当时正值春节放假，商民争先恐后，观戏者人山人海，当局不得不派出警员维持秩序。同年又在道外区三道街修建了又一大剧场——新舞台。各剧场亮相后，出现了竞争局面，有的以新奇布景招徕顾客，有的以名演员取胜，七岁红、八岁红、小凤英、月明珠、金开芸等名伶都曾走红舞台。后来又在道外区六道街修建了中央舞台，三大剧场鼎立，使哈尔滨戏曲舞台出现了空前繁荣。上世纪30年代，著名京剧演员，"四大名旦"之一的程砚秋先生、

"四大须生"之一的谭富英先生、"麒派"老生周信芳先生都曾来哈尔滨演出。遇有名角好戏，街头巷尾，商民奔走相告，茶园旅舍，谈之眉飞色舞，票友更是击掌相庆，趋之若鹜。足见戏曲艺术在市民文化生活中占有的位置。

可惜当时的剧场多是木制结构，加上管理上的疏漏，屡遭火灾，"炸园子"的事件经常发生，有时遇到大火，剧场被焚殆尽，还要危及民房。上世纪40年代初，大舞台因遭两次大火焚烧、一次大水灾，已经无法支持，和群公司只好将剧场遗址卖掉，退还股东本金，大舞台宣告寿终正寝。

解放后，新舞台、中央舞台，还有庆丰茶园等作为专业剧场保留下来，戏曲艺术曾一度繁荣。上世纪50年代初著名京剧表演艺术家梅兰芳先生曾率团来哈演出，轰动一时，票价与一袋高级面粉价格相等，购票者彻夜露天排队，以一睹风采为快。"文革"时期，在那种特定的历史条件下，样板戏流行九州，家喻户晓，至今不绝于耳。

现代科技的发展和文化生活的丰富多彩，给戏曲艺术很大的冲击，不仅戏曲舞台受到冷落，就是风靡了一个世纪的电影艺术也面临新的考验，电影院也不再受青睐，戏曲剧场更是门可罗雀。电视的普及把人们对艺术欣赏的视线由剧场转向家庭，快节奏的生活和多元的文化改变了人们的欣赏习惯，舞台艺术成了少数人的需求。

这是一种时代的变革，是不以人的意志转移的，作为国粹艺术的京剧，要想生存和发展，面临着形式和内容的改革，即使走阳春白雪的道路，也要跟上时代的步伐。要占领剧场，拥有观众，不仅需要名演员，还要有注入时代精神、拨动现代人心弦的好剧目。

期待着剧场文化繁荣起来，把观众由家庭引向剧场。

消失的艺术殿堂

　　泰戈尔曾说："天空没有留下翅膀的痕迹，可我骄傲，我飞翔过。"曾经的哈尔滨艺术学院不仅飞翔过，还留下了很深的印痕，那样立体、鲜活、清晰、生动，虽已渐行渐远，却是挥之不去的影像。美术、音乐专业有许多毕业生走向全国，成为著名的美术家、音乐家、戏剧家，活跃在耀眼的舞台上，成为众多艺术院校的脊梁……

　　在繁华的中央大街南口，一号楼和三号楼（现三号楼已被改造）曾经是哈尔滨艺术学院的旧址。20世纪50年代末60年代初，行人若路过这里，从打开的窗子口，经常会听到悠扬的琴声和婉转的歌声。从这里出入的青年男女，不是背着画夹，就是夹着乐谱，他们是一群朝气蓬勃、对人生充满着憧憬的学生。

　　哈尔滨是中西文化荟萃的一座城市，有着浓厚的艺术传统，曾经涌现出很多在中外都有影响力的文艺团体和优秀艺术家。新中国成立后，为了培养优秀艺术人才，于1958年创办了哈尔滨艺术学院。学院设有音乐、美术、戏剧三个系。音乐系分声乐、钢琴、作曲、器乐、琵琶五个专业，美术系分油画、国画、版画、雕塑、装潢五个专业，戏剧分表演、戏剧文学、舞台灯光三个专业。为了尽早发现培养有专长的人才，同时还创办了学院附属艺术专科学校（简称"附中"）。

建成一所高水平的艺术学院，必须要有一支高素质的教师队伍。艺术学院在筹备阶段做了大量工作，拓宽师资的来源：一是从哈尔滨各艺术专业团体调入，二是从上海、北京等地的专业团体及中央美术学院、中央音乐学院聘请，三是从沈阳鲁迅美术学院、沈阳音乐学院商调，四就是从当时被"下放"到北大荒劳动的专业人员中抽调。那些在国外留学多年、解放前就任教的资深教授，一些卓有成就的艺术家，还有延安鲁艺时期的进步艺术家，这几股力量组建了一支专业素质高、教学经验丰富的教师队伍。

哈尔滨艺术学院的创办，为哈尔滨聚集了一大批艺术创作和艺术教学的中坚力量，同时也培养了一批年轻的艺术人才。这些学子在学院接受到系统教育和严格训练，圆了献身艺术的梦想，从这里走上艺术人生的大舞台，在各自领域勤奋耕耘，取得了傲人的成就，有的成为所属领域的领军人物。

可惜，哈尔滨艺术学院存在的时间并不长，从1958年建院，到1964年国民经济调整时解体，算来不过六年时间。好在尽管学院解体了，人员并没有流失，都做了妥善安置：美术系专业人员成立了哈尔滨美术工作室（现哈尔滨画院），音乐系专业人员并入哈尔滨师范大学音乐系，戏剧系专业人员多来自哈尔滨话剧院，又都回归了原单位。本来生气勃勃，可以大有作为的艺术学院，不得不匆匆地结束了它培养艺术人才、繁荣艺术创作的使命，黯然消失在历史进程中。

哈尔滨艺术学院不仅在哈尔滨艺术教育史上留下惊鸿一瞥，更在学院师生心中留下难忘的记忆。今年是哈尔滨艺术学院建院54周年，岁月流逝，青春不再，当年哈尔滨艺术学院及附中的师生都已进入华发之年，在臧尔康、杨世昌诸先生的推动下，美术系及附中的师生所筹备的纪念画展已在省美术馆开幕，这无疑是一次历史与现实的相聚，是一次艺术与人生的盛会。

市井烟火

吃面包

　　啤酒是舶来品，面包也是舶来品，吃面包是哈尔滨人的一大饮食习惯。面包是以小麦为原料的发酵食品，历史源远流长，古埃及和古罗马时期就有吃面包的记载，《圣经》上还记载着有关食用"发面"和"不发面"面包的法律。面包作为主要食品，一直摆在西方人的餐桌上，与西方人的生活息息相关。面包的制作方法，是在明代后期由西方传教士带到中国的一些沿海城市的，但食用的范围并不广泛，国人大规模生产和食用面包，还是在20世纪初大量外国移民侨居哈尔滨之后。

　　由于市民对面包的需求增大，哈尔滨的烘焙食品行业迅速发展起来，生产技术和面包质量都很可观。因为面包是舶来品，早期哈尔滨人对面包的称谓沿用俄语译音——列巴。大列巴、小列巴、奶油列巴、列巴圈，遍布市场。一些面包厂为了招揽生意，定期把烤制的面包送到用户家中，街头不仅有专卖面包的商亭，还有流动的卖面包和牛奶的马车，商店柜台上摆满了各式面包。这一切成为一种景观，点缀着哈尔滨的城市风情，也养成了市民吃面包的习惯。

面包的特点是有一层棕黄色的硬皮，呈海绵状，内里松软，有蜂眼，因为经过发酵制作，具有保鲜期长、味道醇香、冷热皆宜、便于消化的特点，被市民普遍接受。作为大众食品，最富有特色的面包是高加索风味的大圆盖面包，还有呈橄榄球状、两头尖中间鼓的俄式面包——赛克，这种面包不加糖，不加奶油，只用少量盐，多用酒花发酵，内部松软，外皮耐咀嚼，保持了小麦的清香，吃起来爽口。哈尔滨人吃这种面包，喜欢配一种西菜——苏伯汤，也称"红汤"。苏伯汤由牛肉、大头菜、土豆、西红柿烧炖，加苏子叶做调料，有的还会加奶皮，营养丰富，香而不腻。有的老年人喜欢把大面包切成片，放在蒸屉里加热，吃起来好咀嚼，味道别致。大面包加苏伯汤，作为大众食品，成为许多人家餐桌上的常备佳肴，有的主妇还用它们招待客人。

这种被戏称为"锅盖"的大面包，不仅哈尔滨人喜欢吃，也深受外地客人的青睐。外地人来哈尔滨，许多人慕名来吃这种面包，离开哈尔滨时都会带两个"锅盖"面包，拿回去让家人品尝。这种面包以桦木炭火焙烤最佳，风味醇正，芬芳爽口。秋林公司采用传统技术烤制大面包，并用酒花发酵，被视为正宗而备受欢迎，消费者常常排起长队等候购买，"锅盖"面包一上柜台，即被购空。哈尔滨人也常把它作为特色礼品，送给外地客人。

随着生活水平的提高，人们对面包的需要趋向多样化，哈尔滨生产的面包品种也日益增多，摆上柜台的有奶油面包、果酱面包、果脯面包、夹馅面包、槽子面包、椰蓉面包，俄式的、法式的、美式的，花样繁多，琳琅满目。

喝啤酒

哈尔滨人喝啤酒闻名于世。社交酒会，家庭宴会，寻常人家的餐桌上，都少不了啤酒。生意往来，亲友相聚，一杯接一杯：瓶装的、罐装的，生啤、扎啤、黑啤、红啤。男士能喝啤酒，女士也不示弱，哈尔滨举办"啤酒节"，在喝啤酒大赛中，一位女士一次喝下两瓶半啤酒，另一位女士创下8.7秒喝完一瓶啤酒的最快纪录，博得了热烈掌声。

喝酒助兴，喝酒交友，或豪饮，或小酌，夏天图个凉快，冬天图个热闹。亲朋好友聚会，没有啤酒不成席；逢年过节，没有啤酒难尽兴。在外地人看来，哈尔滨人喝啤酒个个海量，到外地出差访友，一听说是哈尔滨人，立刻啤酒相敬，令人应接不暇。据统计，哈尔滨人均啤酒消费量在全国各大城市占据第一位，就是和世界闻名的啤酒城比较，哈尔滨也仅次于德国的慕尼黑、法国的巴黎，居第三位。

啤酒是舶来品，哈尔滨人喝啤酒，源于这座城市的移民文化。哈尔滨是中国最早生产啤酒的城市，1900年俄国人在哈尔滨创办了第一家啤酒厂——乌卢布列夫斯基啤酒厂，是现在哈尔滨啤酒厂的前身，也是中国第一家啤酒厂，称得上百年老厂。此后5年时间里，俄国、德国、捷克分别在哈尔滨建起另外三家啤酒厂。当时哈尔滨的侨民众多，啤酒风靡市场，年产量达到100万瓶。那时哈尔滨街头有不少啤酒店，几张桌子，几把椅子，高高的啤酒杯，厚厚的玻璃壁上凸凹着圆形或菱形图案，装满淡茶色啤酒，浮着白沫。一些人坐在啤酒店里，或对酌，或独斟，表情或恬静，或忧郁，一杯接一杯地喝。在这种小啤酒店里喝酒，并不要多少菜，一小盘酸黄瓜，或一小盘切得薄薄的红肠即可。有的酒客，就站在柜台前，把帽子放在柜台上，要一杯啤酒，或一饮而尽，或一口一口地呷，喝干后抹抹嘴，拿起帽子悄然离去。也有的喝干一杯酒，拿起一块面包，抽动着鼻子，贪婪地闻一闻，算作解酒。

喝啤酒的习俗渐渐蔓延开来，被各阶层、各民族的市民所接受，成为城市生活的一种时尚，并演变成为一种饮食习惯。今天哈尔滨人喝啤酒去处很多，一些高档的啤酒店现制现卖，种类齐全，口味新鲜醇正，服务也很讲究，在这里喝啤酒既享口福，也享受气氛。但这种啤酒店还不是寻常酒客经常光顾的地方，一般顾客理想的去处，是那种简易的冷饮店，罐装啤酒价格适宜，下酒菜也随意，忙碌一天，坐下来喝上一两杯清凉的啤酒，带上几分蒙眬，几分闲适，踏上回家的路，也是一种人生意境。

啤酒主要由大麦和酒花酿造，营养丰富，素有"液体面包"之称，适量饮用啤酒有益健康。啤酒能开胃、提神、助兴，是人们交流情感的媒介，酒逢知己，开怀畅饮，倾吐肺腑之言，友情加酒情，拉近了人与人之间的距离。但物极必反，啤酒里也含有酒精，喝多了既伤身体又伤大雅，有的朋友喝过了量，酒后失态，甚至失去理智，高兴始，扫兴终，啤酒喝得没了韵味。所以，喝啤酒不仅要有酒量，也要有风度，喝啤酒才能变得有意义和有意思。

穿西装

　　今天，穿西装已经成为男士较为普遍的装束了。西装挺括，线条流畅，突出阳刚潇洒之气，身着笔挺的西装，出入社交场合，令先生们倍添风采。回顾历史，哈尔滨的西装也是很闻名的。

　　人类的服饰总是带着思想和文化内涵。在20世纪初，当多数中国人还固守留辫子、穿长袍马褂的习惯时，一些接受西方文明，有着强烈反清意识的志士，已经把剪辫子、穿西装作为反封建的一种标志了。辛亥革命后，民国政府还把西装规定为官方活动的一种礼服。五四运动后，西装作为新文化运动的象征，冲击着被视为遗老遗少的遗产的长袍马褂。

　　哈尔滨人穿西装是比较早的。移居此地的大量侨民，自然也把他们的服饰带进这座城市，影响着市民的穿着习惯。昔日大街上，熙熙攘攘的洋人洋装自不必说，中国居民中，夹杂在长衫礼帽中间，穿西装的人也为数不少。在知识分子、工商业者和职员中间，西装尤为流行，早期穿西装，还配有手杖（俗称"文明棍")。穿西装的人多，也促成了哈尔滨西装业的发达。

哈尔滨早期的西装店，大多开设在道里区，比较有名的有俄国人开的都鲁金西装店（中央大街）、波兰人开的阿尔登西装店（红专街）、中国人开的协兴洋服店（大安街），还有李同一西装店、新太昌西装店等。1918年以前，哈尔滨已经有西装店近80家。无论是外国人开的西装店，还是中国人开的西装店，雇佣的裁缝大多是中国人，其中又以浙江的宁波和奉化人为主。宁波和奉化是中国早期从事西装制作的地方，渐成帮系，他们南去上海，北上哈尔滨，以精湛的技艺主导了西装制作市场。当时，阿尔登西装店有一位名叫陈阿根的宁波裁缝，其做工精细，尤擅内工，前指口、脖头做得里外服帖，久穿不会走样，顾客称赞，行业内也有口皆碑。20世纪20年代，女式西装兴起，有了男活和女活之分，专事女式西装的店铺被称为"时装店"。1927年，同记工厂内设立洋服科，采用电剪子裁剪、机器缝制，使哈尔滨西装业走上工业生产的第一步。

哈尔滨西装业在全国占有重要地位，当时中国西装业比较流行的有两大流派，以哈尔滨为代表的"罗派"，制作的西装隆胸束腰，属俄式风格；以上海为代表的"海派"，制成的西装柔软贴合，属欧美风格。在早期，哈尔滨流行的西装领为"蟹钳领"，后流行"饿驳领""平驳领"，现在这几种西装领周期循环流行于市场，各领风骚。能体现当时哈尔滨西装业水平的有两位代表人物，一位是张定表西装店（中央大街）的张定表，另一位是兴鸿西装店（红霞街）的石成玉。他们都是店铺掌柜，同是宁波人，亲手接活，量体裁衣，每逢顾客裁衣都要试两次样子，特殊身形的顾客要试三次才能成衣，质量有保证，信誉很高，名气自然也大。20世纪30年代，张定表曾被溥仪召到长春伪帝宫，为其御制服装。20世纪40年代，哈尔滨的西装业逐渐不再景气，石成玉将兴鸿西装店迁往北京，他的技术在北京也堪称一绝，有"服装博士"美誉，20世纪50年代曾为中央领导做过西装和中山装。

钟爱旗袍

　　早期哈尔滨的服饰，除了流行西装的特点外，街头上中西装并行。在传统服装上，男士夏穿长衫，冬穿棉袍、皮袍，上年纪的人还要套上一件马褂（一种从清代朝服演变来的装束）。哈尔滨冬天冷，这种马褂有棉的，也有皮的，领口、袖口和下摆翻毛，面料多为绸缎。从事体力劳动的人，多穿短衣长裤，男士的短衣也由大襟逐步改为前门襟。20世纪20年代，中山装流行于哈尔滨，早期的中山装为立领、前门襟，有九颗明扣、四个压片兜，后发展为立翻领、七颗明扣，这种服装在青年学生中最为流行。而在女学生中流行的服装，是紧身大襟圆摆短袄和黑色长裙。但无论男女学生，都喜欢系长围巾，以示潇洒。20世纪30年代伪满洲国成立，溥仪梦想恢复大清祖业，一些遗老遗少长袍马褂登场，但服饰现代化的趋势不可逆转，长袍马褂终没有再形成气候。

　　哈尔滨的女士最钟爱旗袍。旗袍是由满族女装演变而来，清时满族被称为"旗人"，所以这种服装被称为"旗袍"。旗袍修长过踝，立领，右大襟，紧腰身，下摆开衩，穿在身上充分显示女性曲线之美，深受女士喜爱。早期的旗袍紧身，下摆宽大，制作工艺比较复杂，领口、袖口、襟缘、摆缘都有绲边，面料讲究，还绣有花鸟等图案，多为上层妇女穿着。辛亥革命后，旗袍逐渐被广大女性所接受，旗袍工艺也由复杂向简便发展，款式有了较大变化，被称为"改良旗袍"。所谓改良旗袍，就是扬弃古板成分，突出现代服饰特点，长度、领口、衣袖都有了很大变革，不仅收紧了腰身，也有了高领、低领的区别，袖子也分为长袖、中袖、短袖甚至无袖的款式，下摆开衩越来越高。哈尔滨人是最早穿这种旗袍的，改良旗袍也成为女士的盛装。20世纪30年代，烫卷发、穿旗袍、足登高跟鞋，成为摩登女郎的时尚。一些家庭主妇和收入微薄的职业妇女，多穿素色旗袍，阴丹士林布旗袍是一般女性的日常装束。1929年，民国政府曾规定蓝色六纽扣旗袍为国家礼服之一。

哈尔滨的西装业很发达，闻名全国，中式服装业也自成系统。哈尔滨的中西服装业有"虹帮"和"本帮"之分，"虹帮"专做西装，多为浙江、上海人，"本帮"专做旗袍、中式长短衫，多为本地人，也有少数浙江人。"本帮"服装店多设在道外区，综合性的制衣厂称为"被服厂"，许多大商店也设有服装加工厂，规模较大的同记工厂设有缝纫科，与洋服科分立，专做中式服装。此外，还有不少小成衣铺，三两个工人，家庭作坊式生产。

哈尔滨女士在服饰上以敢穿会穿闻名，本世纪初就有女性积极投身服装业的社会生产活动。1916年初，一位名叫穆亚兰的女性发起创办了女工服装厂——兴亚女工厂，采用股份制经营，厂址设在道外区北小六道街，从厂长到工人全是女性，在当时引起很大轰动。服装厂的女工年岁在15到30之间。为了提高工人素质，工厂特聘请女性教师教授裁剪和美术课程。当时有报纸记载，"兴亚女工厂所做之军衣，便帽甚为精妙，故近来各机关及商家在该厂制作衣服及洋帽者络绎不绝，该工厂大有发达之景况"。兴亚女工厂也成为哈尔滨工商界的佳话。

洗澡好去处

　　哈尔滨的洗浴业发展，与城市大规模营建同步。早在1904年，公共洗浴业就在哈尔滨出现，河北人崔启岩就在道里区西十四道街开设"东盛堂"澡堂，道外区先后出现了"雅滨泉"（张包铺胡同）、"苹水泉"（南七道街）、"富有泉"（桃花巷）、"天增泉"（景阳街）等四家澡堂子。那时的澡堂子规模小，设备简陋，一般都是平房、地池子，用大铁锅烧水供顾客烫澡，另设冲身洗头的旱池子，只有男池，不设女池。

　　1917年，"久江泉"在道外区三道街开业，设备有了很大的改进，设有男座、女座、普通座、特别座，分池塘、盆塘，并增加了理发、搓澡、修脚等服务项目。"久江泉"开始使用锅炉烧水，为了招徕顾客，澡堂子早晚鸣汽笛，以示开店和闭店时间。

　　到了20世纪20年代，道外区开发"四家子"，"新江泉"在南十五道街建成营业，业主王铭三。"新江泉"规模更大，设备先进，三层楼房营业，有电梯，自备发电机，有上下水道系统，分男女池，有盆塘，设雅间，床位有300多张，从业人员多时120

多人。旧社会性病较多，为了让顾客洗着放心，也为澡堂子的声誉，池堂间的门旁镶有瓷砖对联：身有贵恙休来浴，体弱年高莫入池。洗浴时供给香皂，浴后洒花露水，并有搓澡、按摩等服务。到"新江泉"洗澡被认为是日常生活中一大快事，街巷里流传着"大舞台叫个好，新江泉洗个澡"的民谣，可见"新江泉"在当时的洗浴业中的影响。后来"新江泉"不慎失电火，全楼付之一炬。

20世纪30年代哈尔滨比较有名气的有三大浴池，分别是道外区正阳街（靖宇街）的"温泉池"，大六道街的"又新池"，以及道里区十四道街的"德丰源池"。"德丰源"建于1932年，业主刘德荣、李贵林是河北保定人，"德丰源"的名称取自"德荣必根茂，根茂即源丰"，有仁义经商、财源茂盛的寓意。"德丰源"在经营上很下功夫，除设备先进、服务讲究外，对领座、搓澡、理发、修脚的工人有严格的要求。解放前浴池的工人没有工资，浴池的收入归掌柜，工人全靠小费，洗澡的顾客都付小费，小费多少不计，要看服务的好坏，也看顾客的经济实力，有的出于阔绰，有的象征性地给一些，但都不空手。工人不能将小费私自装腰包，都要入账，每收到小费，账桌都要高声报账，说出客人小费的金额。报小费金额是账桌的功夫，声音要洪亮，吐字清楚，要满堂的顾客和工人都能听到。报好后，在各个岗位上的工人都要齐声喊谢。小费定期分红，浴池的工人劳动量大，又不敢怠慢顾客，做得很辛苦。

"德丰源"很注重工人的服务技术，对13岁以下的童工，先送童工入学校学两年文化，再入池学徒。同时也更注意招聘有名望的技师，修脚名师王绍勤是"德丰源"的台柱子，技术好，治愈过很多疑难脚疾，修脚有"一刀成"的美名。他一直在"德丰源"工作。20世纪50年代苏联"小白桦"歌舞团来哈演出，有一位久患脚疾不能登台的苏联演员慕名找到王绍勤，王绍勤手到病除。还有一位足患重疾的顾客，步履艰难，医院诊断必须切脚趾，也被王绍勤治愈。王绍勤收过很多徒弟，哈尔滨第一位女修脚师曹锋就曾在他门下拜师，得过真传。

今天哈尔滨的洗浴业有了更大发展，桑拿浴、芬兰浴纷纷落户，原"德丰源"池也改为芬兰浴馆了。

理发，人生快事

　　头发是仪容仪表的重要部分，漂亮的发型给人增添无限风采。头发同样蕴含着人的思想和情感，旧时男女之间常以头发为定情物，以示珍重。不同年代有不同的发式、不同的时尚，清时"留发不留头"，太平军则以剪辫为荣以示反叛。和吃饭穿衣一样，头发的保养和修饰一直是人们社会活动的基本内容之一。

　　哈尔滨的理发业与城市的开拓繁荣同步。1898年（光绪二十四年），在中东铁路考察队驻地所在的香坊，法国人开设了第一家理发店——布朗士理发店，并兼卖化妆品。后来又陆续出现了俄国人开办的普利马（大直街）、波兰人开办的布列乌梯（中央大街）等二十几家理发店。早期，哈尔滨中国人的理发业还是单人挟包和挑担经营，担子一头是铜盆，下边是炭火炉供热水洗头，另一头是板凳，下设抽屉放剃头工具。从业人员挑着担子，手里拿着大镊子状的响器，用铁条划动，发出清脆的响声，嗡嗡的余音悠长，告诉人们剃头的来了，可以随时随地露天剃头。直到20世纪70年代，这种挑担理发的还会零星地出现在街

215

头。在清末，男人都留辫子，除了剃头刮脸外，还要勒辫子，对手艺的要求很高。

在哈尔滨从事理发业的，主要是湖北广济人和河北宝坻人。冬天寒冷，他们就搭棚剃头，后来很长一段时间人们还习惯称理发馆为"剃头棚"。1908年，湖北人舒三在道外区丰润街开办了中国人经营的第一家室内理发馆，门外挂上两块一尺见方的白布幌子，除了写上"湖北剃头"外，还分别写有"朝阳取耳""清水洗头"字样。后来从业者多了，他们就于1911年在道外区南十一道街建造罗祖庙（后改关帝庙），供奉师祖，每年旧历七月十三烧香祭祖，摆酒席，办庙会。

辛亥革命后，中国人的发型有了根本变化，特别是五四运动以后，女士开始理发烫发，烫发技术不断翻新，由水烫到火烫再到电烫。20世纪30年代，哈尔滨最流行的女士发型有两派，一种是俄国式的长发大卷，另一种是香港式的短发小卷，各有千秋。

哈尔滨的理发业由低档向高端发展，理发技术提高，设备更新，从业人员也有了一定的规模，当时规模最大名气最响的，当属道外区裤裆街（后改"天一街"）的"一顺记"。掌柜蔡竹坡是湖北广济人，挑着担子从家乡出发，边走边剃头，一路跋涉，于1909年来到哈尔滨，先是在舒三开的理发铺里"吃劳金"，后自己设铺单干，再后来发展到拥有一座二层小楼的"一顺记"。理发馆内设转椅、烫发椅、消毒锅等，雇用员工多时达60多人。由于行业竞争激烈，蔡竹坡对理发员的服装、发型、卫生都有严格的要求，还要求理发员每天早上练功40分钟，练架子、腕子、刀剪，还有捶背、按摩等基本功，许多理发员都练就了一手绝活。剃头能使睡觉的小孩不醒，除了推、剪、刮等服务之外，还会挖耳朵、刮眼球。一顺记理发馆名声在外，回头客络绎不绝，有的顾客睡觉落枕，也来一顺记理发馆治疗。20世纪60年代，因服务网点调整，一顺记理发馆停业。

旅途劳顿当住店

人在旅途，总得有歇脚打尖的地方，这便是客店的由来。哈尔滨是移民城市，人口集中的速度很快，旅店业也随之发展起来。哈尔滨最早的客店，是由山东德平人傅宝山、傅宝善兄弟开的小店——傅家店。傅家店位于道外区南头道街地段，开客店兼卖杂货，也从事修车补套、治牲畜挂马掌的生意，最初不过几户人家，几间房子。道外的街区也是由这里蔓延开来的，早期道外区称为"傅家店"也是源于此。光绪末年，滨江厅江防同知何厚琦将"店"改为"甸"字，"傅家甸"正式成为行政区的名称。

哈尔滨开埠，市面日见繁华，客商云集，大量移民也来到这里谋生，旅店业兴起。开始多为小店，平房大炕，代客做饭，条件简陋，价格也便宜，这种小店门外都挂一个罗圈做幌子，招徕顾客，街巷中就有"小店挂罗圈"的俗语，用来揶揄小家子气的人。

哈尔滨最早的大旅馆，是犹太人开斯普于1906年开办的马迭尔旅馆，坐落于中央大街，欧式风格建筑，内设旅馆、餐厅、舞厅、剧场、咖啡厅等。剧场经常举办音乐会，上映美国电影，餐厅设中西两餐，舞厅有俄国小乐队演奏，有金发碧眼的舞女伴舞，是一处俄人集聚，洋味十足的高等娱乐场所，在东三省也很有名气。20世纪30年代，由于马迭尔旅馆经营火爆，加上开斯普还经营珠宝店，资金实力雄厚，让日本占领军觊觎垂涎。日本宪兵队雇人行事，策划绑架了由法国来哈尔滨探亲并举办巡回演出的钢琴演奏家小开斯普，索要赎金30万元。老开斯普没有屈服，拒绝了这种无理要求。由于小开斯普已入法国籍，法国驻哈尔滨领事馆雇请侦探查清了绑架案的来龙去脉，向日本政府提出了抗议。日本宪兵恼羞成怒，极力为凶手开脱，为了灭口杀害了小开斯普。这一事件震惊中外，引起了哈尔滨市民的极大愤怒，为小开斯普送葬那天，中外市民涌上街头，向无辜的小开斯普致哀，抗议日本法西斯的暴行。当时的伪满地方法院法官试图行使司法独立权，利用法国领事提供的证据，宣判了凶手死刑，但日本宪兵队并不认账，秘密逮捕了法官，袒护凶犯，充分暴露了日本军国主义强权霸道的嘴脸。

随着工商业的发展，哈尔滨中国人开的高等旅馆也多起来，比较有代表性的首推设在道外的"新世界"，经营者朱安东，山东福山人。"新世界"最初于1917年在升平街开办，规模不大，1920年趁当局大力开发"四家子"的机遇，他在道外区正阳十六道街大兴土木，建了三层楼建筑，"新世界"迁入新址。

"新世界"以华洋旅馆饭店为主体，设游乐场、电影院、屋顶花园等。三楼为客房，西式设备，有卧室、会客室、洗浴间；

二楼是餐厅，中西餐皆备，中外名师主灶，中餐一次能设百余桌，西餐也能容数百人就餐；一楼的游乐场设有台球等设施，国泰电影院（现靖宇电影院）对外开放，并备有汽车供客人游览。解放后，"新世界"改为工人医院。

20世纪30年代开业的较大的旅馆，还有位于南岗区的哈尔滨旅馆（现国际旅行社），由原俄国驻哈尔滨领事馆、中东铁路董事会旧址改建的大和旅馆（现铁路招待所），这两家旅馆都由日本人经营，其设施和服务都带有日式风格。

坐洋车

现在出门，公共汽车、电车四通八达，街上的出租车满街跑，很是方便快捷。早期哈尔滨的市内交通机动车辆很少，主要靠马车和人力车。哈尔滨最早的公共汽车路线出现在1917年，由俄侨威力杰夫创办，只有一辆能载客20人的汽车，线路由道里区十二道街起，至道外区正阳街（靖宇街）口的同乐茶园门前，往返载客，人满为止。第二年，本地商贾傅巨川创办了安泰汽车公司，购置汽车10辆，仍跑道里道外线路，这就是哈尔滨早期的公共交通状况。有轨电车的出现是十年后的1927年10月，14辆电车分为两条线路，一路由南岗发电厂（文明街）至道里区警察街（友谊路），一路由喇嘛台（博物馆广场）向西行，至铁路局大楼门前。

在城市雏形时的哈尔滨，马车和人力车就出现在街头。那时街道多为土路，有风三尺土，下雨一街泥，春天道路返浆，更是泥泞难行，马车是最适用的交通工具。马车有双轮和四轮两种，后边都有车斗，可乘坐两人，前边有一个高座，马车夫坐在上边，手持缰绳，控制马车的速度和方向，车座旁还挂着马灯，供夜间行驶照明用。这种车也被称作"斗子车"。马车也有带封闭车厢的，安装有玻璃窗，多为私家车，运营的并不多。赶马车的多为留着大胡子的俄国侨民，他们坐在高高的车座上，驾驭高大的顿河种洋马，马喷着响鼻，迈着细碎的步子，在马路上跑着，嗒嗒的马蹄声传得很远。

后来各街道都铺了路，轻便经济的人力车渐渐取代了马车。据资料统计，1917年初全市有马车1400余辆、人力车400余辆，到年终，马车就减少到700余辆，人力车增加到800余辆。至1945年，人力车已经发展到7000多辆，成为最普遍的交通工具。人力车为双轮车，有车斗，车把较长，有一横杆，这种车源于日本，俗称"洋车"，拉车的工人被称为"洋车夫"。车夫上街要穿"号衣"，青布衣裤，后背有白色标志，印有车厂和车行的名称和编号。拉车很辛苦，走街串巷，拉上客人一般要小跑着上路，还要注意选择平整的路面，以免颠着客人。

早期哈尔滨车辆在马路上行驰，不分上下道，随意行走，秩序混乱，为了避免车辆冲撞，警察要现场指挥对面行驰的车辆互相让路。马车的车体大，行驰快，警察往往指挥人力车给马车让路，马车在左侧，则指挥人力车向右，马车在右侧，则指挥人力车向左。遇到马车多时，人力车忽而左，忽而右，左旋右转，不知所从，街头巷尾便有"人力车上街——左右为难"的戏语，调侃当时的交通状况。

拉洋车的生计艰难，车大多数是租用车厂或车行的，租车要交押金，赤贫的工人很难筹集到这笔钱，如果去借高利贷，更难翻身，"驴打滚"的利息让人窒息，还也还不清。拉车的收入半数要交租钱，有活没活都得当日清，车夫收入微薄，难以养家糊口。正如老舍先生在他的长篇小说《骆驼祥子》里描述的那样，很多人力车夫一生都在为有一辆自己的车奋斗，但如愿以偿者并不多。伪满时期，一些宪兵特务和他们豢养的地痞无赖，坐车不给钱是常有的事，稍有异议，举手就打，抬脚就踢，车夫得不到钱，还要蒙受屈辱。

钱桌子

中东铁路在修筑过程中，沙皇俄国依据在中国东北地区取得的特权，大量发行卢布，这种货币又称"羌帖"。当时哈尔滨流通的中国货币较少，只有银圆、锭银和少量的官帖、私帖，远远抵不过流通在市面上的近两亿的卢布，这令俄币卢布逐渐被商民所接受，成为哈尔滨流通的主要货币。

由于哈尔滨建立了金本位的卢布货币体制，而东北各地和关内各省都持有不同的银本位货币，迫使来哈经商、投资实业、旅游过境的商民，不得不将手中的货币兑换成卢布在哈尔滨使用。在哈尔滨赚了钱的外地商民，往家乡汇钱时，也需要将手中的卢布兑换成其他货币，这就催生了庞大的货币交易市场，有了货币交易所。有公私经营的钱庄，还有大量的"钱桌子"。特别是"钱桌子"，是哈尔滨最早也最简便的货币兑换形式。

"钱桌子"一桌一椅，一般设在交通要道人流集中的街区，露天经营，交易简便，商业区到处可见，最集中的地方是道外区繁华的正阳街，这里也因此被称为"汇兑街"。

经营"钱桌子"，就是在卢布与其他货币兑换交易中"吃贴水"，赚取利润。一般来说，本分商人利用正常的市场比价兑换，合法经营"吃贴水"，方便了商民，促进了货币的流通。但也有相当多的不法商人，利用各种货币比价复杂、涨落变化大的特点，欺行霸市，随意定价，强行兑入和兑出，牟取暴利。更有甚者，利用假币、假帖行骗，特别是对那些人生地不熟又不知行情的外地商民，更是有恃无恐，明火执仗地敲诈勒索，如同拦路打劫一样。上当受骗的人，强者上前理论，便时常发生打架斗殴的流血事件，受害的往往是顾客；弱者当街哀恸，号哭不止，甚至发生过因失去血汗钱而轻生的悲剧。"钱桌子"的市场十分混乱。

俄国十月革命后，旧卢布贬值，失去了主币的地位，哈尔滨爆发了一场金融危机，迫使一些商号破产，手中持有卢布的市民眼见积蓄化为废纸叫苦不迭。这次金融危机给哈尔滨工商业造成极大的伤害。

卢布失去哈尔滨主币地位后，日本金票企图取而代之，引起哈尔滨商民的警惕，纷纷起来抵制日币，并敦促当局发行了地方货币"哈大洋"。当时在哈尔滨开办的中外几十家银行都在发行自己的货币，在哈尔滨流通的外币有美元、英镑、日本金票、卢布等，国内各省的货币有现大洋、现小洋、奉票、吉帖、永大洋、江大洋、吉平银、宽平银、银圆券、银两等，这些货币同"哈大洋"的兑换比价极为复杂多变，"钱桌子"的经营更是难以控制。

为了确保"哈大洋"的主币地位，地方当局对钱桌子业的经营进行了整顿，限定"钱桌子"经营必须有一定数额的资本金，两家以上殷实的铺保，指定经营地点，挂牌标明兑换的比价，有效打击了"钱桌子"的非法经营活动。加上"哈大洋"上市流通后日益坚挺，兑换比价趋于稳定，商民的货币兑换转向钱庄和货币交易所，"钱桌子"经营无利可图而变得日渐萧条，到20世纪20年代，这一行业最终消亡。

挑水吃

　　水是一座城市的命脉，哈尔滨临松花江边，江水滔滔，取之不尽，靠水吃水，算是一块福地。但在早期，除靠近江边住的居民外，大多数哈尔滨人饮用地下水——井水。最早使用松花江水源的是中东铁路，修筑铁路时在松花江边建了水源地，包括一个过滤进水口，一个水泵房，两口井口为八角形、内径六米的沉淀水井，并开通了地下水道，将水输送到火车站机务段，供机车用水。后来，哈尔滨火车站修了深水井，这两口井便被废弃了，但这条街因而得名"井街"，街名一直沿用到了今天。

　　早期哈尔滨饮用水井分布各处，有露天水井和机器水井（又称"马神井"）。机器水井都有一根竖管深入地下，露出地面的部分装有鸭嘴状的水龙头，顶端有一根压力横杆，采用人工压水，水流清凉湍急。这种机器水井比露天水井更卫生，取水也方便省力。水质好的机器水井到20世纪50年代还有人使用。哈尔滨的地下水分布不均，有的地方水质差，打出的井水不能饮用，有的居民就不惜力气到更远处取水，也有人用马车和人力车拉水卖，还有向固定的人家送水。吃水难是市民生活中的一大问题。

20世纪30年代，哈尔滨开始大规模铺设自来水管线，仍采用地下水源，低水区的水源设在顾乡，高水区的水源设在王兆屯，供应全市用水。由于城市用水量大，地下水逐年减少，自来水渐渐地供不应求，40年代又在正阳河建立水源地，以松花江水为永久性水源。30年代铺设的自来水管线覆盖面窄，直接使用自来水的居民不到城市人口的一成，多数居民使用的是公共自来水。公共自来水站一般设在居民大院或者街口，有专人管理，有偿使用，这种公共自来水站多附设茶炉，兼卖茶水和白开水，茶炉很大，安装有汽笛，水烧开了，汽笛声响彻半条街。早期哈尔滨居民都是生炉火取暖做饭，到了夏季，人们嫌生炉起火麻烦，茶水炉的生意很好。

无论是吃井水，还是吃公共自来水，都需要挑水，特别是缺少劳动力的人家，吃水更是难题，渐渐便有了专职挑水的。挑水是件辛苦活，从事这一行业的多是青壮年汉子，从井边或公共自来水站挑水往用户家送，常年负重，肩头压出肉疙瘩。冬天天冷路滑，更多了一份凶险，遇到爬楼梯，满满两桶水前高后低，一步一阶地攀登，如履薄冰，没有经验的新手弄不好会连人带水滚下楼梯。娴熟的挑水工人挑着一担水，走到街上挺胸阔步，肩上的扁担一颤一颤的，换肩时也不卸下担子，扁担从右肩悠到左肩，从左肩悠到右肩，桶里的水不泼不洒，看得路人暗自喝彩。每个挑水工人都有固定用户，用水牌记账，送一挑水收一个"水牌"，许多用户会把"水牌"挂在水缸边的墙上，挑水工人把水倒入水缸后自己取牌，"水牌"用完用户再买。这一职业是城市生活中商业分工的产物，20世纪50年代末才在哈尔滨消失。

　　现在，家家都早已用上自来水，许多上年纪的人还保持着惜水如油的习惯，洗米、洗菜、洗衣都不随意浪费水，让年轻人不理解。其实，珍惜水资源、保护水资源是个永久的话题，在供水管线密布的今天，更应引起关注。

过大年

春节是中华民族的传统节日，大江南北，长城内外，以至海外，凡是有中国人的地方，都要欢度这一盛大节日。家人团圆，亲友相聚，拱手祝贺，互道吉祥，吃饺子，放鞭炮，辞旧迎新，喜气洋洋，俗称"过大年"。

过年先从"忙年"开始，购置年货，添置新衣，洗浴扫尘，以求新春伊始，万象更新。"忙年"也是商家做生意的好时机，商场备足年货，摊床摆上街头，货品琳琅满目，五彩缤纷，叫卖声不绝。旧时春节的时令商品，除吃穿用外，烟花鞭炮，春联福字，灶王门神，反映民俗民情、农时节气、社会时事、戏曲故事的《麒麟送子》《庄稼忙》《女学堂演武》《白蛇传》年画，还有孩子喜欢的泥娃娃、布老虎、戏曲脸谱面具，木制的刀、枪、剑、戟，头上戴的绒花，吃的糖炒栗子、冰糖葫芦、冻柿子冻梨，花花绿绿，点缀得年节气氛热烈火爆。腊月二十三过小年，传说是灶王上天宫奏事的日子，这一天要设香炉，买糖瓜，供奉灶王。一般商家要忙到小年，大的商号要忙到腊月三十，商号掌柜还要设酒席宴请伙计们，赏红包，对于要辞退的伙计要在这天结账，几人欢乐几人愁，对于被辞退的人，过年犹如过关。

除夕是过大年的高潮，剧团封箱，社会娱乐活动停止，人们聚在家里守岁，贴春联，请财神，供祖位。那时没有电视，也没有举国上下同娱同乐的晚会，家人聚在一起吃年夜饭、打牌、听戏匣子、欣赏唱片。唱机是手摇上弦，唱片多是百代公司灌制的京剧、评剧唱段，也有当时的流行歌曲。子夜时要吃饺子，放鞭炮，逐邪迎春。过年最高兴的当属孩子，除夕夜就整整齐齐地换上新衣，手提灯笼出宅入院，男爱鞭炮女爱花，放鞭炮，戴绒花，吃糖果，嬉笑打闹，无拘无束。大年初一拜年，晚辈要给长辈行磕头礼，长辈要给孩子发压岁钱，邻里亲友互相拜年，抬头见喜，见面发财。有钱人家讲排场，穷人也自得其乐。过小年迎灶王，烧上几炷香，供奉糖瓜填补灶王的嘴，希冀灶王上天言好事，保佑家人新岁平安。平日里习惯了省吃俭用，过年也会给孩子缝制新衣，无力添置新衣的也会浆洗翻新，一家人清清爽爽迎新春。

商家也相互拜年，平日商场如战场，争高低，斗输赢，竞争激烈，春节来临就都大吉大利，和气生财，互送贺柬。旧时哈尔滨各商号门前挂有裱着红纸的箱子，上面写着"接受贺柬"字样，期待着同业和主顾的祝贺，商家都以收到贺柬多为荣。在哈尔滨第一代移民中，不少人有回老家过大年的习俗，一年赚下的辛苦钱，省在嘴上，花在路上，虽感慨万千，但也经不住与家人团聚的诱惑。

1932年，哈尔滨人经历过一个历史上最为惨淡的春节。2月5日（农历大年三十），经过几天激战，哈尔滨被日本侵略者占领，日军多门师团在火车站举行了耀武扬威的入城式。这一天城市上空没有烟花爆竹，街头行人绝迹，全副武装的日军三步一岗、五步一哨，整个城市笼罩在恐怖之中，死一般寂静，一个民族的盛大节日被野蛮地扼杀了。从这一天起，哈尔滨人开始了长达十三年没有没有尊严的黑暗生活。

　　历史可鉴，只有国家富强，民族昌盛，人民才能安居乐业，发展自己，建设家园。

票
友

　　京剧自徽班进京已经有200多年的历史。作为国剧，京剧以其独特的艺术魅力，风靡大江南北，使几代观众倾倒，它成为戏曲园林中的一枝奇葩，光芒夺目。在长期发展过程中，京剧熏陶出一个独特的群体——票友。

　　票友迷戏，逢戏必看，遇有名角名戏，更是百看不厌。坐在戏园里，摇头击节，如醉如痴，每到妙处，叫好喝彩，如入无人之境。票友对京剧的一招一式都能看出名堂，一腔一调都能品出滋味。南麒北马，梅尚程荀，各家各派，如数家珍；生旦净丑，唱念做打，谁嗓子有色，谁身上有戏，都能说得头头是道。票友不仅迷戏懂戏，还都能唱上几段，闲暇聚在一起，你拉我唱，各有师承，听起来字正腔圆。更有票友置办行头，着上彩妆，给名角傍戏，自己过戏瘾，也有真唱红了下海的。票友的身份广杂，上至社会名流，下至贩夫走卒，京胡一响，嗓子发痒，不来几句京腔京调，心里不痛快。

　　票友的称谓当初并不是指京剧爱好者。在清代，八旗官兵镇守边关，军旅生活寂寞，长河落日，大漠孤烟，望烽火楼台，想家乡亲人，官兵聚在一起，手击八角鼓，演唱家乡曲调，缅怀昔日的征战岁月，遥祝家人平安，这种在军中广为流传的曲调被称作"八角鼓"。后来，八旗子弟继承父辈传统，喜唱"八角鼓"，但他们没有父辈那种征战经历和苍凉心境，演唱由人生感怀转向自娱自乐。他们自己组织票房，或进入茶楼酒肆演出，或到亲友家"唱堂会"，不收报酬，酒饭不扰，清茶一杯，以示高雅。演出前客座有人向台上鞠躬示请，亲友喜庆堂会也要下请柬，以示敬重，算是给足了面子。这种演出不为生计，用现代人的话说，有点为艺术而艺术，这和八旗子弟优越的生活环境有关。由于和营利性的演出有区别，当时有俗语称"要钱者为生意，不要钱者为子弟"。因为他们都持有朝廷发的"龙票"，所以称他们为"票友"。至清末，八旗子弟云散，"票友"的称谓就移到了对京剧情有独钟的爱好者身上。

哈尔滨作为移民城市，京剧影响广泛，拥有众多观众，也有不少票友，京剧冷也好，热也好，票友的痴情不改。今天在江边、街头公园、林荫树下，常能见到票友聚会，有拉有唱，自娱自乐，那一份自在潇洒，让年轻的歌迷、影迷也自叹不如。

酷爱京剧的票友中也不乏铁骨铮铮的汉子。伪满时期，哈尔滨三十六棚铁路总工厂有一个业余京剧团，经常在工厂的俱乐部活动，周围团结了一大批京剧爱好者。有一位叫陈远亭的票友擅长老生，有嗓子，有扮相，为人豪爽。一次，陈远亭和票友们在工厂俱乐部演出，那天陈远亭演《捉放曹》，刚扮好妆，日本宪兵队就包围了俱乐部。日本人心虚，怀疑票友们聚会有反满抗日行为，不由分说地把人都抓了起来。在日本宪兵队，无论怎样拷打审问，陈远亭都是一句话："我是中国人，难道唱京剧有罪吗？"那个年代承认自己是中国人也有罪，陈远亭最后惨死在宪兵队里。日本人抓不着证据，无奈把其他票友都放了，票友们遍体鳞伤，埋葬了陈远亭。后来，票友们持续接济陈远亭的家属，以示对侵略者的抗争和对同胞的同情。

街头艺人

　　20世纪50年代初的哈尔滨街头是寂静的，马路两旁没有这么多的楼房，街上也没有这么多的行人，街头文化生活也没有这么丰富多彩。吸引孩子走出家门的，只有几种简简单单的事物，如拉洋片的、吹糖人的、捏面人的、卖水果糖的、摆摊租小人书的。

　　"拉洋片"如今早已绝迹。一个大木匣子，开几个窥视的小孔，观者坐在长板凳上，眼睛贴在小孔上观看里边的景片。景片内容多是民国时期的，也有反映外国风情的，画得很粗糙。拉洋片的人一边操着绳子，将片子拉上放下更换着景片，一边用说唱介绍内容："拉了一片又一片……"其间还夹着吊在木匣上同样用绳子操纵的锣鼓的伴奏，气氛热烈。所谓一片又一片，不过十几个景片，一会儿就看完了。为了吸引人，压轴一片要出大彩，场面是在官府大堂上处决犯人，利用灯光和重叠片的效果，呈现出人头落地、落刀见血的效果，加上拉洋片人的大声渲染，使观者又害怕又好奇，有的看了一遍又一遍。

街头还有一个景观是租小人书的。铺一块布，摆上几十本小人书，一分钱看一本，多是武侠故事，口吐利剑，人变骷髅，让人又爱又怕。规模大一点的租书点是小人书铺，一间门市房，摆一些长板凳，书的数量多，内容也丰富，除了武侠故事外，也有反映当代生活的。来这里租书看的人多，时常座无虚席，其中有孩子，也有成年人，租一摞小人书放在身边，一本本地翻看，十分入神。

捏面人的和吹糖人的异曲同工，都是造型艺术，既是食品，又是观赏的玩具，倍受孩子的青睐。"面人"多是戏曲人物，形象逼真，色彩艳丽；"糖人"多是动物造型，夸张变形，憨态传神。"面人"的价格高，不是能随便买的；"糖人"虽美，但毕竟是可以入口的食品，小孩子又没有多少耐心，买回家不过夜，便成了口中之物了。卖水果糖的脖子上挂一个玻璃匣子，各种口味的水果糖分格装在匣子里。糖本身并不稀奇，有趣的是卖糖人的吆喝，他把各种水果糖的名称精心排列组合，边吆喝边唱，那些"橘子香蕉苹果菠萝"唱出来抑扬顿挫，韵味十足，颇有诱惑力，至于糖吃到嘴里什么味道，就另当别论了。

童年记忆最深的是一位卖喇叭的老艺人，老艺人很胖，体重应该在两百斤以上，走路不方便，坐在人力车上卖喇叭。他的喇叭很特别，是用电影胶片卷成的筒，大小长短都有，一头粗一头细，没有手按的眼。他坐在车上用自制的喇叭吹好听的曲子，《小放牛》《锔大缸》，还有一些叫不上名的曲牌，或高或低，婉转动听。他一出现在街头，立刻就会围上一群人。他的喇叭很难吹，我也曾买过一支，但动听的喇叭一到我手里，立刻成了"烧火棍"，连响声都吹不出。所以对他的喇叭，大家也是看的多，买的少，生意很是惨淡。再到后来，连围观的人也少了，他便一个人坐在车上，吹一些凄凄惨惨悲悲切切的曲子。我那时年纪小，不知生计艰难，把喇叭吹不响归罪于胖胖的老艺人，和其他孩子一样嘻笑嘲弄，大声喊他"大喇叭胖和尚"，他也不恼，笑眯眯地望着我们，样子真像是寺庙里的弥勒佛。不知道那辆人力车是不是他自己的，每天有人送他到街头，晚上再拉他回去，现在回想起来，他靠卖喇叭生存，想必是很艰难的。

后来那位胖胖的老艺人消失了，街头变得空落起来。

评剧大舞台

　　评剧是哈尔滨人喜爱的戏曲剧种之一，曾在哈尔滨各大舞台久演不衰，在市民文化生活上产生过广泛影响。最早将评剧带入哈尔滨的是老艺人金菊花、山驴子、夏天雷等人。1902年，他们带领小班社初闯哈尔滨码头，当时的演出形式还比较单一，以三人说唱为主，场地也随意，席棚、露天都可以打场子亮相。后来的许多评剧演员，如李金顺、月明珠、金开芳、喜彩玲、芙蓉花等都曾长期在哈尔滨舞台演出，使这一新兴剧种逐步走向繁荣。评剧是在民间流传的"莲花落子"和"蹦蹦戏"的基础上发展起来的，在这一剧种的形成和繁荣过程中，评剧演员、剧作家成兆才和他领导的"警世戏社"，发挥了重要作用。成兆才和哈尔滨舞台也有着极深的渊源。

　　成兆才艺名"东来顺"，河北省滦县人，青年时代学唱"莲花落子"，并参与剧本的改编和创作。在长期的演出和创作实践中，成兆才深感"莲花落子"和"蹦蹦戏"的表现形式单一，在塑造人物和艺术地展现生活方面备受局限。他借鉴京剧、河北梆子等剧种所长，在器乐、唱腔、身段等方面进行改革，并由单一的男角、女角之分，发展为生、旦、净、末、丑等多种行当，使之逐步发展成为独立的剧种。由于成兆才身兼演员、编剧之职，又领导着一个有实力的戏社，其创作思想得以充分实践和发挥，先后创作演出了《花为媒》《王少安赶船》《占花魁》《马寡妇开店》《王二姐思夫》《小老妈开嗙》《王定保借当》，以及时装戏《杨三姐告状》《安重根刺伊藤博文》等近百种剧目，由于评剧表演活泼，生活气息浓烈，唱腔贴近北方口语，很快被观众接受和喜爱。

成兆才常带领"警世戏社"来哈尔滨演出，在哈尔滨观众中很有影响力。1918年，在河北滦县发生了一起民女杨三姐为其二姐申冤而同官府抗争的事件，成兆才在报上看到这则消息后，便产生了将"杨三姐告状"搬上评剧舞台的想法。由于受五四新文化运动的影响，当时各剧种流行一种演时装戏（也称文明戏）的风尚，成兆才在1919年7月创作出了大型时装评剧《杨三姐告状》。由于故事发生在他的老家滦县，剧中又抨击了当地的贪官污吏，成兆才有所顾忌，决定首先在比较开明的哈尔滨演出这一剧目。剧中人物杨三姐由名伶金开芳扮演，裴氏由月明珠扮演，成兆才自己扮演"高拐子"，首场演出便一炮打响，盛况空前。位于道外区南二道街的庆丰茶园门庭若市，场内座无虚席，买站票的观众拥满了两侧通道，令茶园收入颇丰。在街头巷尾，哈尔滨市民奔走相告，传颂杨三姐的事迹，各类报纸都对演出做了大幅报道，盛赞此剧。《杨三姐告状》成为评剧的保留剧目，久演不衰，传遍长城内外。当成兆才和"警世戏社"带着《杨三姐告状》返回唐山演出时，反响更为强烈，当地军阀政府面对如此局面，也无可奈何。

民间艺人出身的成兆才一生的创作和演出活动，对评剧的形成和发展做出了突出贡献，影响深远。解放后，他的代表作《杨三姐告状》《花为媒》由著名评剧演员新凤霞主演，拍成电影，在全国上映，成为脍炙人口的艺术佳品。

乡情风物

黑龙江人

　　黑龙江在历史上是北方少数民族聚居的地方，其中肃慎人最为强大。肃慎人以渔猎和采集为业，善骑射，英勇强悍，以用弓箭见长，并与中原汉族政权保持着密切的关系，远在舜禹时代，就有"肃慎氏之贡矢"的记载。肃慎在汉代以后改称挹娄、勿吉，隋、唐时改称靺鞨，辽、明时改称女真，清时改称满洲。无论其称谓如何，都与古代的肃慎人有着一脉相承的渊源关系。

　　黑龙江的先民们地处荒凉边远地区，气候寒冷，生存环境恶劣，生产和生活条件相对落后，但他们不保守，善于学习，自强不息，在这片土地上繁衍生息，开拓发展，创立过被称誉为"海东盛国"的渤海国，兴起了辉煌的渤海文化，在女真时期，开创了中国历史上一个少数民族两次入主中原，建立政权的业绩。

　　公元698年，已归附唐朝的粟末靺鞨，建立了以靺鞨人为主体的渤海国，其都城初驻旧国（东牟山一带），742年迁至中京显德府（吉林和龙），755年再迁上京龙泉府，就在今天黑龙江省宁安县西南的东京城。其首领大祚荣被唐玄宗册封为"渤海郡王"，加授忽汗州都督，成为唐廷的藩臣。在渤海国经营的228年中，由于深受中原封建文化和农业文明的影响，其政治、经济、文化有了飞速发展，出现了空前繁荣的景象。其都城上京龙泉府仿唐长安城的格局，墙高城深、横纬竖经，城周长十六公里，内城楼台殿阁，壮丽宏伟；外城结构紧凑，建筑整齐，有民居，有杂市，是当时东北地区最大的都市。今天站在城楼遗址上远眺，仍然可以想见当年都城的规模。

渤海人使用汉字，并经常派人去唐长安"习识古今制度"，他们不仅引进儒学和佛学的经典，还仿唐制建立了三省、六部、七寺等官职，设五京、十五府、六十二州等行政区，其疆域包括了东北大部，鼎盛时人口达到三百万。靺鞨人发展不尽平衡，尽管边远地区的部落仍以渔猎为生，但在五京地区农业和畜牧业十分发达，农业生产已经占有重要地位，培育的"卢城之稻"远近闻名。靺鞨人善于养马、养猪，有名的"率宾马"是渤海进奉唐朝的贡品，有的养猪户的养殖规模达到几百头猪。从后来出土的成套铁器看，渤海人当时已经掌握了与内地相媲美的冶炼技术，他们同日本、新罗等东北亚政权有着频繁的贸易往来，商品市场也比较发达。在文学艺术上，产生了像裴颋、大某则那样的诗人，裴颋的诗作蜚声海外，被日本的同行尊称为"诗坛领袖"，大某则的诗作"佳句在中华"受到晚唐诗人温庭筠的首肯。现存于渤海遗址的佛寺石灯，就是佛教传入渤海并在其地发达的佐证。

渤海国是居住在东北地区，包括黑龙江境内的靺鞨人创建的第一座丰碑。黑龙江的先民们与中原汉民族频繁接触，互相影响，建立了"车书本一家"的联系，使渤海文化成为当时盛唐文化的一个支脉，在多彩的中华文化发展史上呈现出耀眼的一环。

鲁人的乡情

　　早期移居哈尔滨的，山东人居多，他们做工，卖苦力，学生意，办实业，兴教育，为这座城市的崛起付出了辛勤的汗水。老一代移民热土难离，虽然在哈尔滨安家立业，繁衍了子孙，却一直眷恋着老家，他们生活习惯不改，吃家乡饭，说家乡话，衣食起居，婚丧嫁娶，逢年过节，都保持着鲁人的习俗。亲帮亲，情连情，一人在关外扎下根，亲友们会投奔而来，久而久之，形成了以亲戚和乡邻为主体的鲁人社交圈子，系下了鲁人的思乡情结。

　　老一代移民思乡情深，闯荡关东，历尽艰辛，有了立锥之地，思谋着要成家立业了，大多数移民都会回到老家，或受父母之命，或托媒人撮合，带回一个花花绿绿的乡下媳妇来。话是家乡话，情是故乡情，饭能吃到一起，话能说到一块儿，算是了一份乡思。

　　移民有了子女，也不忘列祖列宗，逢到春节，都要立个牌位，焚香膜拜，求祖宗保佑流落他乡的子孙富贵平安。有的要带上儿女回乡省亲，混得好的，衣锦还乡，光宗耀祖，让乡邻眼热；普通百姓，也要咬紧牙关，把一年积蓄下来的辛苦钱，花在来往的路费上，喊一声爹娘亲，抓一把故乡土，也算是圆了思乡梦。

人老了希冀着落叶归根。生活艰难，创业辛苦，活着有一口气回不了故乡，身后也要嘱托子女，把遗骨送回老家，埋进生养过自己的热土，埋进家族的墓地，终了那份苦恋的乡情。

时光飞逝，移民的后裔都成了土生土长的哈尔滨人，他们的眷恋都注入了脚下这片土地，对原籍的情感远不及老一代移民那么执着。但在哈尔滨仍然有一块鲁人的区域，多年来一直保持着乡恋乡情。在南岗区马家沟河东端有一片民居，叫"新发屯"，多是平房草屋，居民多是山东籍，虽然久居在城市的中心，风俗依然不变，乡音不改，家庭里都讲家乡话，邻里间交流都是浓浓的乡音，坦坦荡荡，自然亲切，这种习俗延续几十年不变，走进这里的小街小巷，大有"不知有汉，无论魏晋"的桃花源中人之感。其实这里的人一旦走进外部的社会，上学上班，讲的是普通话，衣着打扮，也俨然是地地道道的哈尔滨人。这块都市里的区域远离山东几千里，凝聚着鲁人的思乡情结，无疑是一种很特殊的人文景观。

现代社会进入信息时代，早上广州的一种新款式的服装，傍晚就会出现在哈尔滨街头，地域色彩会被冲刷得越来越淡，地域文化的差别会逐渐缩小。今天，鲁人的区域——"新发屯"已被夷为平地，盖起了一栋栋高层楼房，那里的老乡搬进了现代化的公寓。他们的生活发生了巨大变化，完全与周围的社会融为一体，不可能再保持那一份相对独立的生活氛围。那一份乡思乡情只能珍藏在记忆里了。

侨民之恋

  哈尔滨作为一个移民城市，集聚了全国各地以及俄罗斯等欧洲国家的开发者，他们在这里求生存，求发展，为崛起的哈尔滨浇灌了自己的汗水，这些普通的市民把自己的人生梦想筑成了一座城市的丰碑，长期共同生活，组成了一些不同国籍、不同民族的家庭。

  我曾采访过一位傅姓的老人，老人住在抚顺街南，靠近铁道的地方，那儿俗称"地包小市"。中东铁路修筑时这里是筑路工区，遍地是简陋的工棚，后来延续成为居民区，地势低洼，房屋简陋，街巷狭窄。无风三尺上，有雨一街泥，逢着大雨，积水排不出去，会倒灌进居民的住室。老人住在有一个小院落的草房里，无儿无女，和老伴相依为命。他当年闯关东，背着包袱越过冰封的黑龙江，到俄国境内做生意，包袱里有花布、床单等纺织品，他来往频繁，生意做得不错，后来爱上了一个叫娜塔莎的俄罗斯姑娘。他把娜塔莎带回哈尔滨，组成了一个中外联姻的家庭。老人在中央大街俄国人开的药房里给娜塔莎找了一份工作，当药店的店员。娜塔莎不会讲中国话，久而久之把自己融入了在哈尔滨生活的俄罗斯人的圈子里，下工后常常和同胞聚会，很晚才回到家里。语言的隔阂和生活方式的差别，导致夫妻感情发生了变化，傅先生感到生活的孤独和寂寞，在一个风雨交加的夜晚他离开了家，住进了位于"地包小市"的中国工人栖身的工棚里。傅先生出走后，娜塔莎才如梦初醒，感觉到自己疏远了丈夫。对爱情惋惜而性格火热的娜塔莎，发疯一样四处寻找傅先生，打听傅先生的下落，几经波折，在朋友的指点下，娜塔莎找到了傅先生居住的工棚，不顾工友的阻拦，娜塔莎把丈夫的行李搬回了家。娜塔莎从此厮守着丈夫，破镜重圆的家庭又拥有了温馨。

可惜好景不长，不久娜塔莎患了肺病，一天天消瘦下去。傅先生倾其所有为娜塔莎治病，也没有奏效。娜塔莎死时年仅26岁，傅先生把娜塔莎葬进侨民墓地，又开始了漂泊的生活。

老人讲，当年哈尔滨有很多这种不同国籍联姻的家庭。我过去居住过的一个大院里，住着一个嫁给中国人的俄罗斯老太太，其生活方式、服饰、气质、语言完全中国化了，不是特别提醒，很难认出她是一位俄罗斯老人。1989年长春电影制片厂在哈尔滨拍摄我编剧的电影《鬼楼》时，请了几位特型演员，有的是纯正的俄罗斯人的后裔，有的是混血儿。他们都有一定的表演才能，但在拍摄过程中，总是带着几分中国作风、中国气派，像许多长期侨居在中国的外国人一样，他们早已把生活和生命扎根于这片土地，成了地地道道的中国人了。

"地包小市"改建后，我曾徘徊于小区的街巷，我不知傅姓的老人是否健在，如果老人健在的话，是应该住进这里漂亮的公寓内的，我衷心祝愿老人长命百岁，晚年幸福。

言不二价

　　过去生意场上，大小商铺卖货都没有明确的价格，顾客上门，商家都要"谎价"，上下浮动悬殊，这就考验顾客的眼力和讨价的功夫。同一种商品，买到手里价格差别很大，这里免不了有欺骗行为，特别是过路客，非挨宰不可，所谓"漫天要价，就地还钱""愿者上钩"，全凭买卖人的一张嘴。花言巧语，让你花了大头钱，还以为捡了便宜。一些不熟悉商品行情的顾客，很容易上当受骗，花冤枉钱，又无处说理，商家从中牟取暴利。这种经营方式，在早期哈尔滨比较普遍，就是在天津、上海、北京这样的大商埠也不例外，习以为常，见怪不怪。

　　民国初年，武百祥经过几起几落的波折，创立"同记"，有了初步的经营规模。武百祥是一个有思想、有抱负的商人，开店赚钱，反对牟取暴利，信奉"经营有道""见利思义"，在商场上敢于标新立异，革除时弊，文明经商。他有两个做法在当时的工商界影响深远。一是不卖"麻雀牌"。当时哈尔滨商埠赌风很盛，大街小巷到处是赌馆赌局，经营赌具是很赚钱的生意，武百祥领洗入教后，不再涉足赌场，也反对经营赌具。很多人认为做生意就是为了谋利，因为自己不赌就连"麻雀牌"都不卖了简直是昏了头，但在武百祥的坚持下，"同记"终于放弃了这项每年有几千元净利的生意。二是开了卖货"言不二价"的先河。武百祥在哈尔滨经商多年，又考察了京津沪的市场，深感商家要"谎价"是一个弊端，不利于商业发展。他主张在"同记"实行一口价卖货，不再要"谎"。这个想法一提出，立刻遭到同人的反对，同人认为顾客已经习惯了讨价还价的买卖方式，"同记"独家"言不二价"会吓走顾客，影响生意，有很大的风险。武百祥坚持自己的主张，提出宁肯承受"言不二价"的失败风险，也不做撒谎发财的买卖，尽管万事开头难，但货怕比三家，只要价格合理，总会有前途。"同记"实行"言不二价"后，果真吓退了一些顾客，这些人对"言不二价"的卖货方式充满狐疑，心里没底，但更多的顾客接受这种买卖方式，经过比较，认为"言不二价"公平公道。渐渐地，不仅回头客多了，一传十，十传百，慕名而来的顾客更多，"同记"不仅赚了钱，还赢来了声誉，获得了成功，从此，"言不二价"成了"同记"的经营方式。受"同记"影响，哈尔滨各大商家纷纷仿效，不到两年光景，各大店铺都先后实行了"言不二价"的卖货方式，这是武百祥先生在工商界的一大建树吧。

解放后，"言不二价"成了国营商业的经营原则，受到顾客的信赖。改革开放以来，市场经济繁荣发展，集体和个体经营者增多，他们利用规模小、经营灵活、成本低等优势合法经营，在价格上和国有商业竞争，活跃了市场，方便了顾客，但也使"言不二价"有了新考验。同时市场上要"谎价"的陋习开始抬头，"谎价"的内容也更加复杂凶险，不仅漫天要价，还以次充好，以假乱真，假烟、假酒、假药、假名牌、假商标，欺骗顾客，牟取暴利，不仅远离了经商之道，也令今天的"言不二价"有了新的含义。

开发江北

前不久哈尔滨市政府公布了开发江北、五十年再造一个新的哈尔滨的规划，并公布了在松花江上修建新的公路桥、越江隧道使两岸畅通的蓝图，展示出令人振奋的南北两岸共同繁荣的宏伟前景。一个横跨松花江的现代化都市将以崭新的面貌屹立在东北亚土地上。这令人想起一百年前，哈尔滨人开发江北的一个小插曲。

20世纪初哈尔滨初开商埠，一座新兴的城市迅速发展，工商业兴起，居民快速集中。鉴于哈尔滨临松花江的地理位置，有人想到开发江北，让两岸连成一片，共同繁荣。1917年，创办同记工厂的武百祥，率先在松花江北岸沿岸购置了300垧（一垧为十五亩）地，以备开发时用于街基。有人问武百祥："江北尚荒芜，买这么多土地有希望吗？"武百祥回答："我断定二十年后，哈尔滨和呼兰两大商埠会连在一起，这地方不就成了繁华的中心吗？"武百祥以商人的精明和远见，判断开发江北是城市发展的趋势，届时江北会成为寸土寸金的热土。武百祥购置土地后，并没有让它闲置，他利用江北的自然资源成立了"繁殖场"，专事养猪，供给皮帽厂的皮革用度。最初他买了80头母猪，在"繁殖场"修建了隔离所（防止传染病）、养病院（治疗病猪）、圈房等较为完备的设施，先后投资35000元。武百祥借力江北开发的愿景，得到了当时由奉天（沈阳）来哈尔滨投资兴业的实业家曾子固、王惠臣的响应，他们见面后一拍即合，在武百祥的带动下，乘船去江北考察了"繁殖场"。他们都认同开发江北的前景，共同投资成立了"殖业公司"，大规模收购土地，准备在开埠时出售街基，从中获利。他们一口气买下3000垧土地，为开发江北做了充分准备，在动员农民卖地时他们都让农民留下自己的"地号"，以期将来农民也可以获得丰厚的利润。

但是，当初哈尔滨作为一个新兴的城市崛起时，时代背景十分复杂，道里区和南岗区一带为中东铁路辖区；道外区和香坊区一带为滨江县，属吉林省辖区；松花江以北为黑龙江省辖区。在这种大背景下，开发建埠时就已十分混乱，各唱各的调，各自维护各自的利益，很难统一城建步伐，在开发江北的重大问题上，不可能有一致举措。这几位中国实业家的设想，只能是一厢情愿而已。其后哈尔滨的商埠开发和地域拓展各自为政，道外区向"四家子"（十六道街一带）开拓，后又发展到"圈河"和太平区，道里区向"偏脸子"（现"安字片"一带）拓展。作为临江城市，哈尔滨的早期开发形成了"一头沉"的局面，江北成了城市开拓发展的"处女地"。

武百祥等人开发江北的计划搁浅后，他的"繁殖场"因经验不足、用人不当等原因，几年里先后投入资金10多万元，却没有什么收益。1921年，大罗新环球百货店筹备开业时，资金严重短缺，时值"殖业公司"公售土地，武百祥卖出江北的土地，有了30万元的回报，解决了"大罗新"资金短缺的燃眉之急。大罗新环球百货店的成功开业，使哈尔滨商埠有了与俄国人秋林公司相匹敌的民族产业，风光一时，这也是武百祥等人开发江北的一个意外收获吧。

老字号和老名牌

　　哈尔滨作为闻名中外的商埠，本世纪初叶就已成为东北最大的贸易中心，许多工商业者在这里起步打天下，靠当年苦心经营，树信誉，创名牌，独树一帜，赢得市民的认可，确立了名店、名牌的地位，有些与市民生活休戚相关的名品，更是家喻户晓，妇孺皆知。

　　我曾专文介绍过武百祥先生和同记商场，王树森先生和王麻子膏药。在老哈尔滨人的记忆中，有盛誉的名店、名牌还有不少，如"双合盛"的红雄鸡牌面粉（俗称"沙子面"），"老鼎丰"的月饼，"正阳楼"的香肠、小肚，"合发祥"的槽子糕、冰糕，"永发和"的元宵粽子。在小吃上，还有"老仁义"的牛肉蒸饺，"宝盛东"的圆笼鸳鸯蒸饺，"范记永"的水饺，还有"北来顺"（前身为"永安号"）的涮羊肉，"岳阳楼"的桃馒头。当年哈尔滨的外侨很多，由外侨经营、独具异国风味的，有"华梅"的西餐，"秋林"的大列巴（面包）、酒糖，苏联侨民会灌肠厂的里道斯。这些食品因为风味独特、质量上乘而闻名遐迩，许多人都以品尝这些佳肴为快事。轻工业品中的老名牌，如"三盛炉"的菜刀、"老天利"的剪刀、"成记"针厂的缝衣针，几乎是家家必备。还有中药店"世一堂"、钟表眼镜店"亨得利"，这些老字号的名店和名牌，都有自己独特的风格，在市场上有着广泛的影响。

这些老字号的名店、名牌的诞生，无不渗透着经营者的苦心与汗水。经营老仁义馆的佟玉新先生，原在道外区俗称"八杂市"的南十六道街开业，经营回民饺子馆。这儿是商市闹区，摊贩云集，客流量大，是做生意的黄金地段。佟老先生经营有方，创出风味独特的牛肉蒸饺，很快驰名全城。佟家的牛肉蒸饺从选料、和面、拌馅到屉蒸，都十分讲究。牛肉必须是四至六岁口的小乳牛肉，部位必须是肋条、上脑、腰窝、尾根，还有前去一刀的脖头，都属于适合做馅的精肉。面必须是"双合盛"或"成泰义"的沙子面，这两种面成色好、筋力大，先用开水烫好，再掺干面搓到软硬适度。菜是山东大白菜，从太古六道街的张桂林处采买，熬过之后捏成团，放在手心里用力一吹能散开。肉馅更讲究，春冬的牛因吃干饲料和豆饼，含水量少，剁好的馅要用料水澥过；夏秋的牛天天吃鲜嫩的青草，剁成的馅就无须过料水澥。蒸时要一屉一蒸，每屉数量一样，火候上讲究"三分制七分火"，为此灶要三天一套，煤用当时上好的抚顺块煤。整个过程都由佟老先生把关。一次，佟老先生的儿子把没有熬好的白菜和进肉馅里去，佟老先生发现后当即把馅倒掉，自己动手重新和馅，并告诫店员："不能靠哄弄人发家，你哄弄别人，别人也哄弄你。"

老仁义馆除了靠牛肉蒸饺创名，服务也很周到。虽然店铺小，经营品种不多，当时除了蒸饺外，只卖一种炒菜——炒牛肚，但顾客进店有茶水、书报，要上蒸饺时，跑堂的会递上过香水的毛巾。独特的风味，周到的服务，吸引了许多回头客，无论是达官显贵还是平民小户，都愿意进店品味一番，饭店的名气由此传开，"仁义"的店名就是一位老客所赠。

经营是一种文化，体现着经营者的品德和素养，老字号的名店、名牌大体都经历过类似老仁义馆的创业成功之路，付出过同样的艰辛汗水，这足以让那些以假当真、以次充好、骗买骗卖甚至强买强卖者引以为戒。不法经营不仅坑害消费者，最终断送的还是自己的生意。

商街有个武百祥

　　武百祥在本世纪崛起的哈尔滨商埠中闻名遐迩，他创办了大罗新环球百货店、同记商场、同记工厂等实业，是哈尔滨民族工商业发展的脊梁。武百祥没有读过多少书，但他很有经营思想。他创业时的艰苦自不必说，从街头摆摊做起，大起大落，几经波折，终于成了一方的富贾。他管理实业，注重吸收外商先进经验，制定了许多现代企业的管理制度，还规定了许多经商道德上的约束，规定员工不许酗酒、不许嫖娼、不许纳妾、不许抽烟等"九不准"。武百祥自己身体力行，不抽烟不喝酒，不嫖不赌，克勤克俭。创建大罗新环球百货店时，他和员工一样站柜台，家住道外区保障街，每天步行往返。他出资创办了三育小学，在企业内部办了《工人周报》和《新屋》期刊。在创办同记工厂时，他亲自教授徒工识字，还置办乐器和体育器材供工人娱乐健身。

　　20世纪20年代初，武百祥总结自己经商的经验和教训，对员工进行了一次商场管理的教学。他召集员工，亲自演讲，把自己的阅历、商业管理的要诀、商业经营所遵循的道德，进行了生动讲述。讲演持续了两个月，后来印发了文字材料，发给每一个员工，这件事对后来同记商场的繁荣和发展起到了极大的推动作用。

武百祥闯荡哈尔滨开创他的事业时，正是清末民初，哈尔滨作为一个新兴城市的崛起，给他提供了施展才华的机遇。武百祥久在商场饱尝人心不古、商场险恶之苦，身心极度疲惫。1914年，他归信基督教，受丹麦基督教信义会洗礼，这是武百祥一生中的重大转折，也为他打开了向西方社会学习的窗口，开阔了视野。他一方面学习西方企业管理经验，一方面又把基督教义灌输到工厂管理中，在同记工厂设立德育科，办查经班、唱诗班，以道德教育建树人心，完善实业思想。但上帝的子民并非都是敦厚之辈，武百祥入教后，与同为教民的表兄赵禅唐将一块2000多平方米的土地捐给教会，用来盖教堂，却被丹麦基督教信义会修了住宅。随后，武百祥又在"西门脸"（现承德广场处，已拆除）买了一块地新建教堂，也被丹麦基督教信义会占为己有。几经争执并无结果，武百祥深感受骗，萌生了"自立、自养、自传"思想，1927年，他脱离了丹麦基督教信义会，成立了哈尔滨西门脸中华基督教会。

伪满时期，日本帝国主义实行殖民统治，陆续对棉花、毛皮、皮革、粮谷等物资实施统制法，对生活必需品实行配给制，发行了大量名目繁多的公债，中国民族工商业举步维艰，武百祥和他经营的"同记"也难逃厄运。1942年，同记工厂倒闭。1944年，同记商场歇业。到哈尔滨光复前夕，大罗新环球百货店也已奄奄一息，濒临倒闭。

在哈尔滨工商业崛起的历史上，武百祥的建树是不可磨灭的，就是在市场经济蓬勃发展的今天，仍有借鉴意义。

真假『王麻子』膏药

如今经商开店办公司，都想起一个响亮的名字，以图招徕顾客。商家为了宣传和推销产品绞尽脑汁，不惜投入巨资做广告，花样翻新，标新立异，在广告大战的硝烟中形成了现代化商品销售的彩桥。这让人想起另一种招徕方式。20世纪40年代初，在道外区富锦街、五道街到七道街这一段，一家挨着一家开了不少膏药店，人来人往，生意做得很红火。最引人注目的是膏药店牌匾上的"字号"，不少以"王麻子"为招牌，有王树森开设的"真正老王麻子"膏药店、李明臣开设的"真正王麻子"膏药店、刘万谥开设的"这才是王麻子"膏药店，还有宋子珍开设的"真正假王麻子"膏药店。这条街也被称为"王麻子街"。

这些"字号"很有招徕性，乍看颇让人费解，但明眼人知道，名堂虽多，可都是打着"王麻子"的招牌，足见"王麻子"这三个字负有盛名。其实真正的"王麻子"传人只有一个，那就是"真正老王麻子"膏药店的掌柜王树森。

王家是满族旗人，祖居北京，其父在牛街经营膏药店，俗称

"王大膏药"。王树森从小随父熬制膏药，因家境败落，青年时单人挑担闯关东，落脚到了呼兰县，先靠打零工维持生计，后操起熬制膏药旧业，在庙头一带摆地摊叫卖。20年代末，王树森由呼兰迁居哈尔滨，先在他人的中药店坐堂行医，后取得"王麻子膏药"专卖许可，他便在富锦街上"姚家大院"边上购置地块，修了三间店面，有了固定的营业场所——福庆堂王麻子膏药店。王家的膏药有奇效，王树森又善经营，"王麻子膏药"很快名声大振，闻名长城内外，甚至远销到国外，月卖钱额达五六千元，这在当时是个不小的数字。就在"王麻子"鼎盛时期，王树森操持生意也一丝不苟，亲自选原料，公开支锅熬药，当众下料，严把质量关，王家的膏药生意越做越红火。至于其他几家真、假王麻子膏药店，都是王家的乡亲慕名而来，大树底下好乘凉，想借"王麻子"的名声开店谋生。王树森虽是生意人，但为人古道热肠，用现在的话说，大有带领乡亲共同致富的豪气，爽快地答应了。

其实这种做法犯了商家大忌，创一个名牌不容易，"王麻子"凝聚着王家两代人的心血，共享品牌担着很大风险。王树森这样做一方面是乐于助人，另一方面也是对自己创下的品牌充满自信。结果歪打正着，那几家膏药店开业后，非但没有影响王家的生意，倒引发了人们寻源的兴趣，某种意义上为王树森的"真正老王麻子"做了广告宣传。

时代不同，时尚也不一样，今天的广告宣传，已远非王麻子膏药兴业时所能比，日新月异的传播手段，对商品的推销发挥着越来越大的作用，商家也越来越重视广告的作用。但事有一利，必有一弊，随着广告宣传的繁荣，不法商人利用广告钻空子的也多了起来，他们热衷虚假宣传，用广告欺骗消费者，更有甚者"挂羊头卖狗肉"，销售假冒伪劣产品。"王麻子膏药"的经验可鉴，真正的名牌是消费者认可的，广告可以推波助澜，但最终起作用的还是商品自身。

哈尔滨的近代报业

　　哈尔滨作为商埠开发时，地处黑龙江省和吉林省交界处，又是中东铁路最大的枢纽站，交通便利，商业发达，中外居民杂处，东西方文化交融，促进了报纸业的兴起。从清末到民初，先后有数十种中文报纸和俄文、日文报纸在哈尔滨出版发行，报业市场竞争十分激烈。

　　最早出版的民营中文报纸为《东方晓报》。当时的背景为，中东铁路修筑通车后，不久就在哈尔滨出现了三家俄文报纸，1906年（光绪三十二年），中东铁路公司又创办了中文版《远东报》。作为中东铁路的机关报，《远东报》是沙俄殖民政策的喉舌，其言论"每与我政治权限隐相干涉手段，颠倒是非，混淆黑白"，这引起清政府和商民的强烈不满。为了"不可以人之耳目为我之耳目"，开通民智，启发新机，中国人决定筹办《东方晓报》，同《远东报》分庭抗礼。

　　《东方晓报》为官督民办的股份报纸，初始资本金三万元，社址在道外区南勋街原675号。令人惋惜的是，报纸筹备期间不期一场大火，令刚购置的机器设备和纸张化为灰烬，不得不重头来过。历尽艰辛后于1908年6月出版发行，又因经费不足，惨淡经营了半年后被迫停刊。之后报纸由商会接手经办，改名为《滨江日报》，再因经费紧张举步艰难，一度改名《东陲公报》。该报虽屡遭磨难，因开了哈尔滨民营中文报纸的先河，其意义不同寻常。

哈尔滨另一家有影响的报纸是《国际协报》，创办于1918年，原在长春出版，1919年迁来哈尔滨，社长叫张复生，社址在道里区新城大街（现尚志大街）靠公园处。该报持爱国立场，经常发表抨击沙俄殖民政策和日本军国主义侵略政策的文章言论，深受读者欢迎，其副刊团结了萧军、萧红、舒群、金剑啸等左翼作家和一大批进步文化人士。伪满时期，报社一度被查封，记者被逮捕，后虽经多方游说，报纸获重新发行，但受到日本特务机关的严密监视，最终于1942年又被查封停办。

20世纪20年代哈尔滨报业发展盛极一时，当时登记注册的报纸有《哈尔滨日报》《滨江新报》《白话商报》《中东日报》《滨江民报》《滨江时报》《广告大观》《滨江午报》《滨江花报》《极东商报》《醒民画报》《华业画报》《滨江晚报》《大同报》《晨光报》《滨江挽风报》《正言报》《消闲日报》《工商日报》等数十种。

当时进步报纸不少，《哈尔滨日报》宣传"赤化"被当局查封，其社长穆绍武等人也因此被通缉。20世纪30年代初，北满特委创办了《哈尔滨新报》，社址在道外区正阳（靖宇）十六道街，编辑部五人都是中共党员，设有支部，从事地下工作，利用报纸的合法地位宣传中国共产党的抗日主张，哈尔滨沦陷后被迫停刊。

哈尔滨的报业反映了其作为商业城市文化风貌的一斑。

《聊斋志异》和哈尔滨人

在中国文学史和世界文学史上，《聊斋志异》有着很重要的地位，蒲松龄也是人们永远纪念的一位伟大作家，他留下的《聊斋志异》手稿成为研究作家创作思想和生平的极有价值的珍贵文物。可惜《聊斋志异》的手稿只留下半部，这半部手稿也几经周折险些被焚毁，化为灰烬。在这半部手稿失而复得的抢救过程中，有两位哈尔滨人做出过特殊贡献。

蒲松龄写成《聊斋志异》后，其手稿一直秘藏在他的故乡山东省淄川城内蒲家的祠堂里。1862年，蒲松龄的七世孙蒲介人因赴官任，举家迁到辽宁沈阳居住，手稿也带到了那里。蒲介人去世后，其子蒲英灏供职盛京将军府，当时的盛京将军依克唐阿得知蒲家藏有蒲松龄的手稿，便提出借阅，蒲家人虽不情愿，但慑于将军的权威和碍于情面只好忍痛借出手稿，但提出一个条件，先借半部，阅后再换。那位盛京将军也算守约，看过半部后奉还，又借走了剩余半部，在其借阅后半部手稿期间，将军奉命进京述职，不料病死在京城，那半部《聊斋志异》手稿便泥牛入海，杳如黄鹤了。

后来蒲英灏奉调镇守西丰，蒲家又举家搬迁到西丰县城。

1948年春，西丰县进行土地改革，蒲松龄的九世孙蒲文珊因出身地主和封建官吏家庭，成了西丰县元宝沟农会斗争的对象。在没收浮财时，将蒲家的藏书和半部《聊斋志异》手稿一起带回农会，准备焚毁。土改工作队中有一位哈尔滨籍队员（姓名不详），他和学生出身的妻子，在那些杂乱的书籍中发现了两册线装《聊斋志异》手抄稿（下半部共四册），从书眉上的批语判断这是蒲松龄的手迹。这对哈尔滨夫妻深知这两册手稿的价值，也深为这两册手稿的命运担忧，困于当时的政治形势和农民的偏激情绪，他们不便公开保护，为使这两册珍贵文物免遭焚毁的厄运，他们冒着巨大风险将这两册《聊斋志异》手稿悄悄地带回哈尔滨，珍藏了起来。不久，西丰县政府一位叫刘伯涛的秘书在检查元宝沟农会土改工作时，在准备焚烧的典籍中发现了另外两册手稿。因为无法辨认真伪，他将手稿带回县城，先是查阅了《西丰县志》，获知蒲文珊是蒲松龄的后人，又请来几位专家辨认，才确认这两册线装写本是蒲松龄的手稿。刘伯涛立刻找到蒲文珊，了解到尚存的《聊斋志异》手稿下半部共有四册，为了不致另两册遗失，他又返回元宝沟农会，经询问，当地人告诉他有两个哈尔滨人带走了两册线装书，有可能是《聊斋志异》手稿。为了不致珍贵文物流落，刘伯涛向辽宁省政府打了报告，希望辽宁省政府同哈尔滨市政府取得联系，协助找回另两册手稿。已经返回哈尔滨的两位土改工作队员得知这一情况后，爽快地交出了得到很好保存的手稿，使之完璧归赵。哈尔滨市政府对这两位土改队员能在那样的特殊环境中保护国家文物的勇气，给予了充分肯定。这半部珍贵的《聊斋志异》手稿经过有惊无险的周折后，作为国家重要文物被辽宁省图书馆收藏保留下来。

詹天佑与中东铁路

十月革命后俄国时局一度陷入混乱，中东铁路运行受到影响，运输安全也成了问题。协约国纷纷出兵，武装干涉俄国革命。1919年初，协约国中的美、日、法、意等国又以"俄国没有统一有效的政府"为由，在海参崴、哈尔滨召开了"监督远东铁路会议"，提出中东铁路管理权问题，试图牟取各自在华的新利益。同样作为协约国成员的中国政府，深知列强国家的图谋，派出前驻俄公使刘镜人和时任交通部铁路技术委员会会长、汉粤川铁路督办的詹天佑为代表，来到哈尔滨参加监督远东铁路会议的谈判。

詹天佑是清政府首批派往美国留学的三十名学童之一，在耶鲁大学学习铁路工程，回国后先被派往福州船政局后学堂学习、执教，后受邀到广州博学馆任职。1888年，他受留美同学邝孙谋介绍，到天津任中国铁路总公司帮工程师（助理工程师）。自此，詹天佑全身心投入到中国铁路建设中，先后参与修建了唐山铁路、京津铁路、津卢铁路、关外铁路、萍醴铁路、新易铁路。

1905年，清政府决定修建京张铁路，铁路连接北京丰台，经八达岭、居庸关、沙城、宣化到河北张家口，全程约200公里。但铁路所经之处地势复杂，工程艰巨，受命出任京张铁路总工程师兼会办局务（后升任总办，兼总工程师）的詹天佑，在施工中依靠中国工程技术人员的力量，创设了"竖井开凿法"和"人"字形线路，开凿了长达1093米的八达岭隧道和367米的居庸关隧道，创造性地解决了多个在当时被认为难以解决的难题，被欧美铁路工程界视为奇迹。

所以当詹天佑出现在协约国监管远东铁路会议上时，立刻引起众人的瞩目，许多外国谈判代表都知道詹天佑，对这位创造了铁路建设奇迹的中国工程师不敢怠慢。

为了夺回中东铁路的管理权，中国政府提出五项条件，核心内容是由中国军队进驻铁路沿线，保护铁路运输的安全。在会议上，詹天佑坚决反对美、日等国提出的"由协约国远东铁路委员会监管中东铁路"的方案，主张中东铁路本由中俄两国合办，中国具备维护中东铁路运行秩序的能力；中国是"一战"参战国，中东铁路理应由中国政府管理。詹天佑据理力争，严正交涉，也得到哈尔滨各界人士的支持和声援，但遭到协约国多数国家的反对。经过艰难谈判，尽管中国政府提出的五项条件没能全部达成，但在赴会中国代表的共同努力下，中国政府最终取得了中东铁路沿线由我国驻军护路权，防止了列强以护路为名，武力夺取中东铁路，同时还争取到中国工程师在中东铁路的工作地位。

詹天佑在哈尔滨期间，正值冬季，冰天雪地，寒气袭人。他来往于哈尔滨与海参崴之间，与列强争锋，唯恐主权受损。他奔波呼号，心力交瘁，加上气候不适，饮食不周，染上重病。中东铁路当局虽有不错的医疗条件，但詹天佑孤愤难平，决定回关内治病，他于1919年4月15日离开哈尔滨，回到汉口后住进仁济医院，但仅一周时间，他便因腹疾严重，心力衰竭，于4月24日逝世，终年58岁。

哈尔滨各界人士闻知这一噩耗后，无不悲痛惋惜，人们集聚在哈尔滨铁路俱乐部，为他举行了隆重的追悼大会，悼念这位把一生精力献给中国铁路事业，并取得卓越成就的爱国工程师。

刘长春在哈尔滨

　　旧中国体育事业相对落后，中国人被视为"东亚病夫"，蒙受过许多屈辱。过去中国人很少参加国际性体育比赛，更谈不上取得成就。

　　中国第一次参加奥运会，是1932年在美国洛杉矶举办的第10届奥运会。当时国民党政府因财政困难，并没有打算派代表队参加，后来日本政府扬言，要派出两名中国选手代表伪满洲国参加奥运会比赛，这无疑是一个挑衅，对国家的尊严、民族的感情都是严重的伤害。国民党政府在仓促中，决定派出由短跑名将刘长春和其教练宋君复等五人组成的代表队，赴洛杉矶参加比赛，经费由当时的全国体育协会募捐得来。由于势单力薄，在第10届奥林匹克运动会开幕式上，出现了在中华民国的旗帜下只有一名运动员入场的尴尬局面。刘长春虽然在这一届奥运会中没有取得理想的成绩，但他面对如林强手，充满自信、敢于拼搏的精神在中国奥运史上留下了可歌可泣的一章。

　　刘长春青少年时期就酷爱田径运动，善于短跑，曾于1933年在南京举办的中华民国第五届全国运动会上创造了百米10分7秒的全国纪录，这个纪录一直保持了25年。在东北大学田径队集训期间，刘长春多次随队到哈尔滨进行暑期训练，还留下了力胜俄国选手的一段佳话。

哈尔滨夏季气候凉爽，又有较好的体育场地，位于道里区药铺街（现中医街）和高士街（现高谊街）交叉口的自行车赛场（现红星体育场），是本世纪初俄国人修建的体育竞赛场地，这里经常举办自行车、球类和田径比赛。东北大学田径队在哈尔滨进行暑期训练时，为了提高竞赛水平，强化与国外运动员的竞争意识，经常在这个体育场与在哈尔滨的俄国运动员进行对抗赛。

有一次，东北大学田径队与以中东铁路局职员为主的俄国田径队进行对抗赛。刘长春参加100米和200米短跑都取得第一，在参加4×400米接力赛时，俄国运动员一开始就占了上风，并逐渐拉开了距离，等到刘长春接下第四棒时，对方第四棒的运动员已经跑出50多米。此时场上的俄国观众大声叫好，为他们的运动员加油，中国观众也都急得站起来为刘长春呐喊助威，场上的气氛紧张而活跃。刘长春接棒后奋起直追，紧盯住俄国运动员猛追不舍，双方的差距越来越小，跑了近300米时，刘长春已经赶上了俄国运动员。等到冲刺时，刘长春已经超过对手10多米，场上的中外观众都发出欢呼声，在终点的俄国裁判员惊得目瞪口呆，刘长春一时也成为哈尔滨市民心目中的英雄。在那次对抗赛中，除了铁饼和铅球，其他项目的第一名都被东北大学田径队夺取，这一振奋人心的胜利，曾在哈尔滨广为传颂。

旧中国虽然出现过像刘长春这样优秀的运动员，但因国力微弱，受训练和竞赛条件的局限，很难和世界较发达国家的运动员匹敌，更难打破世界纪录。就是上面提到的刘长春等人参加奥运会比赛，因募捐来的经费不足，比赛结束后已无钱买回程的船票，只好搭乘货轮回国。通过这件事可见旧中国体育状况之一斑。

哈尔滨辛亥革命中的

　　1911年10月10日的武昌起义震撼了全国，各地革命者纷纷响应，举起义旗，夺取政权，宣布独立，反封建王朝的革命空前高涨，从根本上动摇了清王朝的统治。这种起义遍布全国，作为边城的哈尔滨也未例外。

　　早在辛亥革命前，孙中山就曾设想建立以哈尔滨为中心的黑龙江反清基地，南北夹击，打击清王朝的统治。武昌起义后，奉同盟会派遣潜入哈尔滨的梁廷栋、梁廷橄兄弟，积极开展反清活动。当时的哈尔滨只有道外区属清政府统辖，军事力量比较薄弱。梁廷栋、梁廷橄兄弟便在城内策动军警，组织武装力量，在城外动员了部分"绿林"武装，在一些市民的积极参与下，于1912年2月16日，旧历辛亥年腊月二十九日子时，按着事先预定的信号发动了起义。一时滨江城内枪声大作，革命军向盘踞城内的清军发起进攻，由于革命军准备充分，士气高昂，攻势凌厉，清军无力抵抗，吉林西北路分巡兵备道道员李家鳌、滨江厅同知林世瀚、清军统带么佩珍被迫向革命军投降。清晨，革命军占领滨江厅署、电报局、邮政局，哈尔滨城头降下龙旗，升起了代表共和的五色旗。这一天正是农历大年三十，哈尔滨市民在准备迎接春节的同时，也迎来了共和的曙光。

革命军起义成功后，立刻以中华民国关东临时都督的名义发出布告，安抚市民，宣布独立，并准备誓师南下吉林。在革命军起义期间，盘踞在道里区和南岗区，由中东铁路局操纵的"自治议会"和各国驻哈尔滨领事馆十分惊恐，担心在华利益被剥夺，处于高度戒备状态。清政府也不甘心失败，吉林巡抚陈昭常趁革命军立足未稳，加快调兵遣将，并指使假降的清军统带么佩珍做内应，于2月19日（农历正月初二）向革命军发起攻击，以优势兵力反扑。双方展开激战，革命军虽苦苦应战，因寡不敌众最终失败，革命军骨干梁廷栋、梁廷樾、陶遇春、李范五等人被俘，并被清军杀害。

清军虽然镇压了这次起义，但没能阻止历史车轮的前进，清王朝最终覆灭。辛亥革命的果实后被袁世凯窃取，全国又爆发了轰轰烈烈的"讨袁运动"。此时的孙中山又萌发了建立东北根据地、南北共同"讨袁"的设想。1914年10月，孙中山派遣蒋介石来到哈尔滨。28岁的蒋介石化名石田雄介，带着孙中山的亲笔信，住进"反袁"同人秘密租下的一幢房子，他于10月11日召开会议，商讨如何在军队中开展工作，建立反袁武装力量，从哈尔滨向袁世凯盘踞的北京发动进攻。这次会议虽然没有制定具体行动方案，但聚集了部分武装力量，对袁世凯的统治构成了威胁。蒋介石在哈尔滨住了十余天，即返回向孙中山复命。后来袁世凯复辟帝制，皇袍加身，做了83天皇帝梦，病死在龙墩宝座上，轰轰烈烈的"讨袁运动"也就到此结束了。

开篇 北大荒文学的

　　《雁飞塞北》是哈尔滨解放后出版的第一部长篇小说,小说生动地描写了当年十万官兵开垦北大荒的艰苦卓绝生活和一代拓荒者的精神风貌。《雁飞塞北》出版后引起强烈反响,该书作者林予作为十万官兵的一员,卧冰爬雪,拓荒种田,历尽艰辛,并用自己的笔记录下这一历史篇章。

　　林予是江西省上饶人,1949年在南昌参加人民解放军,在第四兵团文化部从事专业创作,当时在兵团文化部从事专业创作的还有冯牧、白桦、彭荆风、苏策等人。兵团文化部机关设在四季如春的昆明,林予经常到西南少数民族地区深入生活,这期间创作出版了长篇小说《寨上烽烟》、短篇小说集《风雨红河》等。他还与人合作创作了电影剧本《边寨烽火》,改编后的《芦笙恋歌》由长春电影制片厂拍摄上映。影片反映了建国初期西南边疆军民保卫祖国、保卫家园的斗争生活,电影中的插曲《婚誓》被久为传唱,"阿哥阿妹的情谊长,好像那流水日夜响"曾打动过众多青年恋人的心。

　　军旅生活四海为家,已经熟悉西南边疆生活,并准备为此进一步倾注自己心血的林予，于1958年由四季如春的大西南奉调到冰天雪地的东北，开始了艰苦的北大荒军垦生活。这一巨大变化并没有阻断他创作的激情，在这里他笔耕不辍，写下了四十万字长篇小说《雁飞塞北》。

这是第一部描写军垦生活的长篇小说，这部小说为林予带来了很高的声誉，也为后来他所遭受的极不公正的待遇埋下了伏笔。"文革"初期，红卫兵运动尚未兴起，但极左思潮已经把矛头对准了林予，他成为黑龙江文学界第一个受到批判的作家，《雁飞塞北》也成了"大毒草"。一系列可怕的罪名强加到他的头上，三十几岁的林予陷入极度痛苦之中。他是个性格内向、心无芥蒂的人，一时难以承受这巨大压力，他吞下一瓶安眠药，以求解脱，幸亏得到及时抢救，才转危为安。

"文革"结束后，林予的创作进入了新的阶段，他出版了短篇小说集《我们的政委》《界碑》等，创作了电影剧本《孔雀飞来阿佤山》，与人合作了长篇小说《有情人难成眷属》、电影剧本《奸细》等。他担任哈尔滨市作家协会主席期间，把更多时间用来做推动文学创作的组织工作，很多青年作者拿作品给他看，他都认真阅读，提出意见，有时还动笔帮助改稿。对于较成熟的作品，他还积极向编辑部推荐，跑出版社联系出书，许多青年作家都得到过他的帮助，至今不能忘怀。

林予放下他的笔，离开他钟爱的文学事业已经三年了。北大荒经过几代人的开垦，已经成为富饶的北大仓，北大荒文学经过几代作家的心血浇灌，有了更深邃的思想内涵，更多彩的艺术成果。但历史不能割断，人们不会忘记这位北大荒文学的拓荒者。

赫哲人的婚礼

20世纪60年代初，歌坛流行着《花儿为什么这样红》《怀念战友》等歌曲，久唱不衰，今天的中年人都有亲切的记忆，在一些场合下，仍有人动情地传唱。听着这歌，想起电影《冰山上的来客》，也想起剧作家乌·白辛。

乌·白辛是赫哲族人，高中毕业后，遵从父命考入沈阳佛学院，但天性好动、酷爱文艺的乌·白辛，无法忍受佛学院沉闷的生活，不到一个学期就离开了，考入沈阳协和剧团当了一名演员。在这里，他先后参加了话剧《雷雨》《舰队的毁灭》等剧的演出，后应"满映"邀请参加了电影《在地平线上》的拍摄，但因电影有"反满"倾向而被禁演。这件事极大地激发了他的爱国激情，他返回吉林市，组建了教师业余话剧团，但很快又因为演出进步剧目被伪满当局强行解散，他也因此上了"黑名单"。

日本投降后，乌·白辛任吉林文工团团长，并于1946年带领文工团部分成员参加了人民解放军，开始了军旅生活，继续从事戏剧创作。这期间他创作了歌剧《鞋》《好班长》，话剧《四海为家》等。1953年，乌·白辛调入八一电影制片厂，编导了《在帕米尔高原上》《古格王国》等纪录片。1958年，他转业到哈尔滨话剧院，后又调入哈尔滨市文联，他的创作也进入了新的高峰期，电影《冰山上的来客》就是在这一时期完成的。

乌·白辛是一位富有才华的作家。他勤于写作，敢于创新，他创作的话剧《董存瑞》融合了舞台与电影的技巧，以无场次结构，突破了舞台空间和时间的局限，使观众耳目一新，受到普遍称赞。这部话剧连续演出了三百多场。

他创作的话剧《赫哲人的婚礼》，运用赫哲族民间传统艺术"伊玛堪"叙述故事，大胆地在话剧中加入歌舞形式，淋漓地倾诉了民族的悲惨命运，热情欢呼这个濒临灭绝民族的新生。《赫哲人的婚礼》搬上舞台后，在长城内外引起强烈反响。

他性格开朗，待人接物随意。他好酒，边喝边聊，有无穷无尽的故事脱口而出。闲时喜游泳钓鱼，常去太阳岛江湾处消遣，每去必带酒，高兴时便脱衣下水。他游泳技术高超，可以蛙泳、仰泳。去外县深入生活时，他把衣服和食品装进塑料袋里，顺水而下，一路游水一路采风。

这位少数民族作家在"文革"中也没能幸免于难。1966年春天，他正在河南兰考县深入生活，准备进一步修改完善他创作的歌剧《焦裕禄》时，被匆匆召回文联参加"文化大革命"。"文革"初期，江青召见文艺界造反派代表，一口气点了几十部作品，几乎包括了"十七年电影"的绝大部分电影，被列入"大毒草"名单的，就有《冰山上的来客》。同时还将乌·白辛列为

"伪满人员"。

这年深秋，这位不甘受辱的汉子只身来到太阳岛江湾处，和往常一样随身携带一瓶白酒，不同的是还有一瓶敌敌畏。在瑟瑟秋风中，他望着落满枯叶的江水，大口地喝着酒，悲壮地结束了自己的生命。时年46岁。